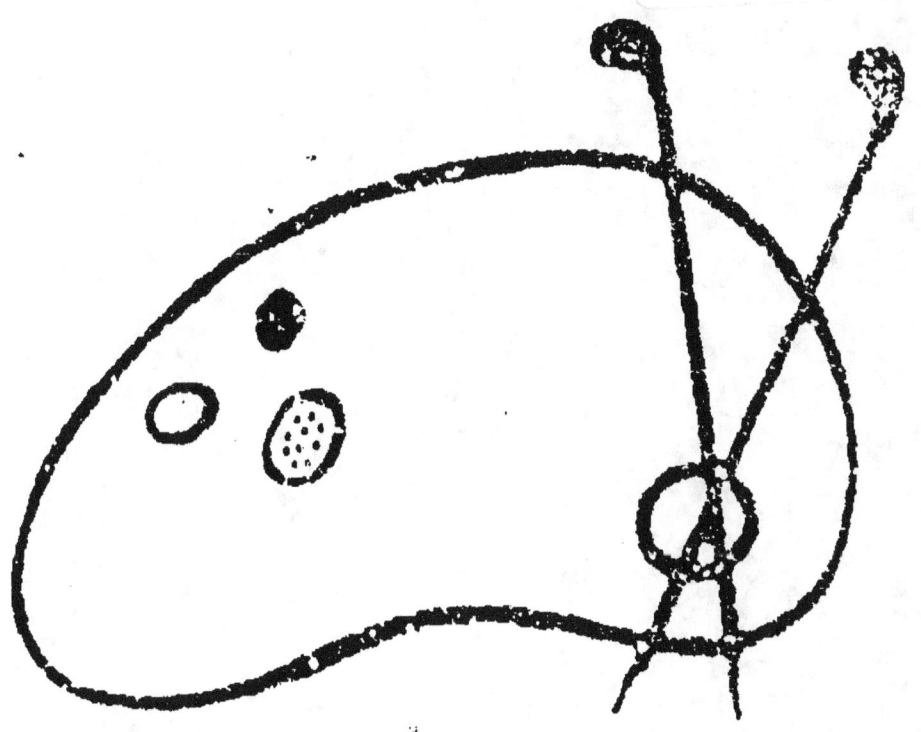

Couvertures supérieure et inférieure
en couleur

BIBLIOTHEQUE MORALE

DE

LA JEUNESSE

—

SÉRIE PETIT IN-8º

Un défilé dans le Caucase.

LES

PRISONNIERS DU CAUCASE

SUIVI DU

LÉPREUX DE LA CITÉ D'AOSTE

Par le comte XAVIER DE MAISTRE

ROUEN

MÉGARD ET Cⁱᵉ, LIBRAIRES-ÉDITEURS

1880

Le comte Xavier de Maistre naquit à Chambéry en 1764. Il était officier, quand l'armée française fit invasion en Savoie; il se retira alors en Russie, où il prit du service. Il fit un court séjour à Paris. Il mourut à Saint-Pétersbourg en 1852.

Xavier de Maistre, ayant été mis aux arrêts chez lui pendant quarante-deux jours, fit, en 1794, le *Voyage autour de ma chambre*. C'est une ravissante causerie avec le lecteur, où l'imagination, la grâce et l'esprit se mêlent agréablement à une philosophie douce et rêveuse.

En 1811, il fit paraître le *Lépreux de la cité d'Aoste*. C'est un dialogue entre l'auteur et un lépreux, véritable chef-d'œuvre où l'on trouve une rare simplicité unie à une émotion contenue.

En 1815, il publia les *Prisonniers du Caucase* et la *Jeune Sibérienne*.

Enfin, en 1825, parut l'*Expédition nocturne autour de ma chambre*, écrite sur le même ton que le *Voyage autour de ma chambre*.

PRISONNIERS DU CAUCASE.

Les montagnes du Caucase sont depuis long-temps enclavées dans l'empire de Russie sans lui appartenir. Leurs féroces habitants, séparés par le langage et par des intérêts divers, forment un grand nombre de petites peuplades, qui ont peu de relations politiques entre elles, mais qui sont toutes animées par le même amour de l'indépendance et du pillage.

Une des plus nombreuses et des plus redou-tables est celle des Tchetchenges, qui habitent la grande et la petite Kabarda, provinces dont les hautes vallées s'étendent jusqu'aux sommités du Caucase. Les hommes en sont beaux, courageux, intelligents, mais voleurs et cruels, et dans un état de guerre presque continuel avec les troupes *de la ligne* (1).

C'est au milieu de ces hordes dangereuses et au centre même de cette immense chaîne de montagnes que la Russie a établi un chemin de communication avec ses possessions d'Asie. Des redoutes, placées de distance en distance, assurent la route jusqu'en Géorgie ; mais aucun voyageur n'oserait se hasarder à parcourir seul l'espace qui les sépare. Deux fois par semaine, un convoi d'infanterie, avec du canon et un parti considérable de Cosaques, escorte les voyageurs et les dépêches du gouvernement. Une de ces redoutes, située au débouché des montagnes, est

---

(1) La *ligne* est l'ensemble des postes russes entre la mer Caspienne et la mer Noire.

devenue une petite bourgade assez peuplée. Sa situation lui a fait donner le nom de *Wladi-Caucase* (1) : elle sert de résidence au commandant des troupes qui font le pénible service dont il vient d'être parlé.

Le major Kascambo, du régiment de Wologda, gentilhomme russe, d'une famille originaire de la Grèce, devait aller prendre le commandemeut du poste de Lars dans les gorges du Caucase. Impatient de se rendre à son poste et brave jusqu'à la témérité, il eut l'imprudence d'entreprendre ce voyage avec l'escorte d'une cinquantaine de Cosaques dont il disposait, et l'imprudence plus grande encore de parler de son projet et de s'en vanter avant de l'exécuter.

Les Tchetchenges qui sont près des frontières, et qu'on appelle Tchetchenges pacifiques, sont soumis à la Russie, et ont, en conséquence, un

---

(1) Ce mot vient du verbe russe *wladeti*, qui signifie commander.

libre accès à Mosdok ; mais la plupart conservent des relations avec les montagnards, et sont bien souvent de moitié dans leurs brigandages. Ces derniers, informés du voyage de Kascambo et du jour même de son départ, se portèrent en grand nombre sur son passage et lui dressèrent une embuscade. A vingt verstes (1) environ de Mosdok, au détour d'une petite colline couverte de broussailles, il fut attaqué par sept cents hommes à cheval. La retraite était impossible : les Cosaques mirent pied à terre et soutinrent l'attaque avec beaucoup de fermeté, espérant être secourus par les troupes d'une redoute qui n'était pas très-éloignée.

Les habitants du Caucase, quoique individuellement très-courageux, sont incapables d'attaquer en masse, et sont par conséquent peu dangereux pour une troupe qui fait bonne contenance ; mais ils ont de bonnes armes, et tirent

---

(1) La verste, mesure itinéraire de Russie, vaut 500 toises.

fort juste. Leur grand nombre, dans cette occasion, rendait le combat trop inégal. Après une assez longue fusillade, plus de la moitié des Cosaques furent tués ou mis hors de combat ; le reste s'était fait avec les chevaux morts un rempart circulaire derrière lequel ils tirèrent leurs dernières cartouches. Les Tchetchenges, qui ont toujours avec eux, dans leurs expéditions, des déserteurs russes, dont ils se servent au besoin comme interprètes, faisaient crier aux Cosaques : « Livrez-nous le major, ou vous serez tués jusqu'au dernier. » Kascambo, voyant la perte certaine de sa troupe, résolut de se livrer lui-même pour sauver la vie à ceux qui restaient : il remit son épée à ses Cosaques, et s'avança seul vers les Tchetchenges, dont le feu cessa aussitôt, leur but n'étant que de le prendre vivant pour obtenir une rançon. A peine se fut-il livré aux ennemis, qu'il vit paraître de loin le secours qu'on lui envoyait. Il n'était plus temps : les brigands s'éloignèrent avec rapidité,

Son denchik (1) était resté en arrière avec le mulet qui portait l'équipage du major. Caché dans un ravin, il attendait l'issue du combat, lorsque les Cosaques le rencontrèrent et lui apprirent le malheur de son maître. Le brave domestique résolut aussitôt de partager son sort, et s'achemina du côté par où les Tchetchenges s'étaient retirés, conduisant son mulet avec lui, et se dirigeant sur la trace des chevaux. Lorsqu'il commençait à la perdre dans l'obscurité, il rencontra un traîneur ennemi qui le conduisit au rendez-vous des Tchetchenges.

On peut se faire une idée du sentiment qu'éprouva le prisonnier en voyant son denchik venir volontairement partager son mauvais sort. Les Tchetchenges se distribuèrent aussitôt le butin qu'on leur amenait : ils ne laissèrent au major qu'une guitare qui se trouvait dans son équipage, et qu'on lui rendit par dérision. Ivan

---

(1) Domestique soldat.

— c'était le nom du denchik (1) — s'en empara et refusa de la jeter, comme son maître le lui conseillait. « Pourquoi nous décourager ? lui disait-il ; *le Dieu des Russes est grand* (2) : l'intérêt des brigands est de vous conserver, ils ne vous feront aucun mal. »

Après une halte de quelques heures, la horde allait se remettre en marche, lorsqu'un de leurs gens, qui venait de les rejoindre, annonça que les Russes continuaient à s'avancer, et que probablement les troupes des autres redoutes se réuniraient pour les poursuivre. Les chefs tinrent conseil : il s'agissait de cacher leur retraite, non-seulement pour garder leur prisonnier, mais encore pour détourner l'ennemi de leurs villages, et éviter ainsi ses représailles. La horde se dispersa par divers chemins. Dix hommes à pied

---

(1) Il s'appelait Ivan Smirnoff, nom qu'on pourrait traduire en français par Jean le Doux ; ce qui contrastait singulièrement avec son caractère, comme on le verra par la suite.

(2) Proverbe familier aux soldats russes, au moment du danger.

furent destinés à conduire les prisonniers, tandis qu'une centaine de chevaux restèrent réunis, et marchèrent dans une direction différente de celle que devait tenir Kascambo. On enleva à celui-ci ses bottes ferrées, qui auraient pu laisser une empreinte reconnaissable sur le terrain, et on l'obligea, ainsi qu'Ivan, à marcher pieds nus une partie de la matinée.

Arrivée près d'un torrent, la petite escorte le remonta, le long du bord, sur le gazon, l'espace d'une demi-verste, et descendit dans l'endroit où les bords étaient le plus escarpés, au milieu des broussailles épineuses, évitant soigneusement de laisser la trace de son passage. Le major était si fatigué, que, pour l'amener jusqu'au ruisseau, il fallut le soutenir avec des ceintures. Ses pieds étaient ensanglantés; on se décida à lui rendre sa chaussure, pour qu'il pût achever la traite qui restait à faire.

Lorsqu'ils parvinrent au premier village, Kascambo, plus malade encore de chagrin que de fatigue, parut à ses gardiens si faible et si défait, qu'ils eurent des craintes pour sa vie, et le traitèrent plus humainement. On lui donna quelque repos et un cheval pour la marche ; mais, afin de détourner les Russes des recherches qu'ils pourraient faire, et de mettre le prisonnier lui-même hors d'état d'apprendre à ses amis le lieu de sa retraite, on le transporta de village en village et d'une vallée à l'autre, en prenant la précaution de lui bander les yeux à plusieurs reprises. Il passa ainsi une rivière considérable, qu'il jugea être la Sonja. On le ménagea beaucoup pendant ces courses, en lui accordant une nourriture suffisante et le repos nécessaire. Mais lorsqu'il eut atteint le village éloigné dans lequel il devait être définitivement gardé, les Tchetchenges changèrent tout à coup de conduite à son égard, et lui firent souffrir toutes sortes de mauvais traitements. On lui mit des fers aux pieds et aux mains, et une chaîne au cou, au bout de laquelle était attaché un billot de chêne.

Le denchik était traité moins durement ; ses fers étaient plus légers et lui permettaient de rendre quelques services à son maître.

Dans cette situation, et à chaque nouvelle avanie qu'il recevait, un homme qui parlait russe venait le voir et lui conseillait d'écrire à ses amis pour obtenir sa rançon, qu'on avait fixée à 10,000 roubles. Le malheureux prisonnier était hors d'état de payer une somme si forte, et ne conservait d'autre espoir que la protection du gouvernement, qui avait racheté, quelques années auparavant, un colonel tombé comme lui entre les mains des brigands. L'interprète promettait de lui fournir du papier et de faire parvenir sa lettre ; mais, après avoir obtenu son consentement, il ne reparut plus de quelques jours, et ce temps fut employé à faire endurer au major un surcroît de maux. On le priva de nourriture, on lui enleva la natte sur laquelle il couchait et un coussin de selle de Cosaque qui lui servait d'oreiller ; et, lorsque enfin l'entremetteur revint, il lui annonça, par manière de confidence, que si l'on refusait à la ligne la somme demandée, ou qu'on en retardât le payement, les Tchetchenges étaient décidés à se défaire de lui, pour s'épargner la dépense et les inquiétudes qu'il leur causait. Le but de leur conduite cruelle était de l'engager à écrire d'une manière plus pressante. On lui remit enfin du papier avec un roseau taillé suivant l'usage tartare; on lui ôta les fers qui liaient ses mains et son cou, afin qu'il pût écrire librement : et lorsque la lettre fut écrite, on la traduisit aux chefs, qui se chargèrent de la faire parvenir au commandant de la ligne.

Depuis lors il fut traité moins durement, et ne fut plus chargé que d'une seule chaîne, qui lui liait le pied et la main droite.

Son hôte, ou plutôt son geôlier, était un vieillard de soixante ans, d'une taille gigantesque et d'un aspect féroce, que son caractère ne démentait pas. Deux de ses fils avaient été

tués dans une rencontre avec les Russes, circonstance qui l'avait fait choisir, entre tous les
habitants du village, pour être le gardien du
prisonnier.

La famille de cet homme, appelé Ibrahim,
était composée de la veuve d'un de ses fils, âgée
de trente-cinq ans, et d'un jeune enfant de sept
à huit ans, appelé Mamet. Sa mère était aussi
méchante et plus capricieuse encore que le vieux
gardien. Kascambo eut beaucoup à en souffrir ;
mais les caresses et la familiarité du jeune Mamet
lui furent dans la suite une distraction, et même
un soutien réel dans ses malheurs. Cet enfant le
prit en si grande affection, que les menaces et
les mauvais traitements de son grand-père ne
pouvaient l'empêcher de venir jouer avec le prisonnier, dès qu'il en trouvait l'occasion. Il avait
donné à ce dernier le nom de *Koniak*, qui, dans
la langue du pays, signifie un hôte et un ami.
Il partageait secrètement avec lui les fruits qu'il
pouvait se procurer, et, pendant l'abstinence

forcée qu'on avait fait souffrir au major, le jeune Mamet, touché de compassion, profita adroitement de l'absence momentanée de ses parents pour lui apporter du pain ou des pommes de terre cuites sous la cendre.

Quelques mois s'étaient écoulés depuis l'envoi de la lettre, sans événement remarquable. Pendant cet intervalle, Ivan avait su gagner la bienveillance de la femme et du vieillard, ou du moins était parvenu à se rendre nécessaire. Il savait tout l'art qui peut entrer dans la cuisine d'un officier de détachement. Il faisait à merveille le kislitchi (1), préparait les concombres salés, et avait accoutumé ses hôtes aux petites douceurs qu'il introduisait dans leur ménage.

Pour obtenir plus de confiance, il s'était mis avec eux sur le pied d'un bouffon, imaginant chaque jour quelque nouvelle plaisanterie pour les amuser : Ibrahim aimait surtout à lui voir

---

(1) Sorte de bière faite avec de la farine.

danser la cosaque. Lorsque quelque habitant du village venait les visiter, on ôtait à Ivan ses fers, et on le faisait danser : ce qu'il exécutait toujours de bonne grâce, en ajoutant chaque fois quelque gambade ridicule de plus. Il s'était procuré par cette conduite constante la liberté de parcourir le village, le long duquel il était ordinairement suivi par une troupe d'enfants attirés par ses bouffonneries ; et, comme il comprenait la langue tartare, il eut bientôt appris celle du pays, qui en est un dialecte très-rapproché.

Le major lui-même était souvent forcé de chanter avec son denchik des chansons russes et de jouer de la guitare pour amuser cette féroce société. Dans les commencements, on lui ôtait les fers qui liaient sa main droite, lorsqu'on exigeait de lui cette complaisance ; mais la femme s'étant aperçue qu'il jouait quelquefois malgré ses fers pour se désennuyer, on ne lui accorda plus la même faveur ; et le malheureux musicien se repentit plus d'une fois d'avoir laissé paraître son talent. Il ignorait alors que sa guitare contribuerait un jour à lui rendre la liberté.

Pour obtenir cette liberté désirée, les deux prisonniers formaient mille projets, tous bien difficiles à exécuter. Lors de leur arrivée dans le village, les habitants envoyaient chaque nuit, et à tour de rôle, un homme pour augmenter la garde. Insensiblement on se relâcha de cette précaution. Souvent la sentinelle ne venait pas : la femme et l'enfant couchaient dans une chambre voisine, et le vieux Ibrahim restait seul avec eux ; mais il gardait soigneusement sur lui la clef des fers, et se réveillait au moindre bruit. De jour en jour le prisonnier était traité avec plus de rigueur. Comme la réponse à ses lettres n'arrivait point, les Tchetchenges venaient souvent dans sa prison pour l'insulter et le menacer des plus cruels traitements. On le privait de ses repas, et il eut un jour le chagrin de voir battre sans pitié le petit Mamet pour quelques nèfles que cet enfant lui avait apportées.

Une circonstance bien remarquable dans la situation pénible où se trouvait Kascambo, c'est la confiance qu'avaient en lui ses persécuteurs et l'estime qu'il leur avait inspirée. Tandis que ces barbares lui faisaient souffrir des avanies continuelles, ils venaient souvent le consulter et le prendre pour arbitre dans leurs affaires et dans les démêlés qu'ils avaient ensemble. Entre autres contestations dont on le fit juge, la suivante mérite d'être citée par sa singularité.

Un de ces hommes avait confié une assignation russe de 5 roubles à son camarade, qui partait pour une vallée voisine, en le chargeant de la remettre à quelqu'un. Le commissionnaire perdit son cheval, qui mourut en chemin, et se persuada qu'il avait le droit de garder les 5 roubles en indemnité de la perte qu'il avait faite. Ce raisonnement, digne du Caucase, ne fut point goûté par le propriétaire de l'argent. Au retour du voyageur, il y eut grand bruit au village. Ces deux hommes avaient réuni autour d'eux leurs parents et leurs amis; et la rixe aurait pu devenir sanglante, si les anciens de la horde, après avoir vainement tenté de les apaiser, ne les eussent engagés à soumettre leur cause à la décision du prisonnier. Toute la population du village se porta tumultueusement chez lui, pour apprendre plus tôt l'issue de ce ridicule procès. Kascambo fut tiré de sa prison et conduit sur la plate-forme qui servait de toit à la maison.

La plupart des habitations, dans les vallées du Caucase, sont en partie creusées dans la terre, et ne s'élèvent au-dessus du sol que de trois ou quatre pieds ; le toit est horizontal et formé d'une couche de terre glaise battue. Les habitants, et surtout les femmes, viennent se reposer sur ces terrasses après le coucher du soleil, et souvent y passent la nuit dans la belle saison.

Lorsque Kascambo parut sur le toit, il se fit

un profond silence. On aurait vu sans doute avec étonnement, à ce singulier tribunal, des plaideurs furieux, armés de pistolets et de poignards, soumettre leur cause à un juge enchaîné, à demi mort de faim et de misère, qui cependant jugeait en dernier ressort, et dont les décisions étaient toujours respectées.

Désespérant de faire entendre raison à l'accusé, le major le fit approcher, et, pour mettre au moins les rieurs du côté de la justice, il lui fit les interrogations suivantes :

« Si, au lieu de te donner 5 roubles à porter à son créancier, ton camarade t'avait seulement chargé de lui porter le *bonjour*, ton cheval ne serait-il pas mort tout de même ?

— Peut-être, répondit le rénitent.

— Et dans ce cas, ajouta le juge, qu'aurais-tu fait du bonjour ? N'aurais-tu pas été forcé de le garder en payement et de t'en contenter ? J'ordonne en conséquence que tu rendes l'assignation et que ton camarade te donne le bonjour. »

Lorsque cette sentence fut traduite aux spectateurs, des éclats de rire annoncèrent au loin la sagesse du nouveau Salomon. Le condamné lui-même, après avoir disputé quelque temps, fut obligé de céder, et dit en regardant l'assignation : « Je savais d'avance que je perdrais, si ce chien de chrétien s'en mêlait. » Cette singulière confiance dénote l'idée qu'ont ces peuples de la supériorité européenne et le sentiment inné de justice qui existe parmi les hommes les plus féroces.

Kascambo avait écrit trois lettres depuis sa détention, sans recevoir aucune réponse : une année s'était écoulée. Le malheureux prisonnier, manquant de linge et de toutes les commodités de la vie, voyait sa santé dépérir, et s'abandonnait au désespoir. Ivan lui-même avait été malade pendant quelque temps. Le sévère Ibrahim, à la grande surprise du major, avait cependant délivré ce jeune homme de ses fers pendant son indisposition, et le laissait encore en liberté. Le major l'interrogeant un jour à ce sujet : « Maître, lui dit Ivan, depuis longtemps je veux vous consulter sur un projet qui m'est venu en tête. Je crois que je ferais bien de me faire mahométan.

— Tu deviens fou, sans doute ?

— Non, je ne suis pas fou : il n'y a pour moi que ce moyen de vous être utile. Le prêtre turc m'a dit que, lorsque je serai mahométan, on ne pourra plus me retenir dans les fers ; alors je pourrai vous rendre service, vous procurer au moins de la bonne nourriture et du linge ; enfin, qui sait ? quand je serai libre.... le Dieu des Russes est grand ! nous verrons....

— Mais Dieu lui-même t'abandonnera, malheureux, si tu le trahis. »

Kascambo, tout en grondant son domestique, avait de la peine à ne pas rire de son bizarre projet ; mais lorsqu'il vint à le lui défendre formellement : « Maître, lui répondit Ivan, je ne puis plus vous obéir, et voudrais en vain vous le cacher ; c'est déjà fait : je suis mahométan depuis le jour où vous m'avez cru malade et où l'on m'a ôté mes fers. Je m'appelle Houssein maintenant. Quel mal y a-t-il ? Ne puis-je pas me refaire chrétien quand je voudrai et quand vous serez libre (1)? Voyez! déjà je n'ai plus de fers ; je puis rompre les vôtres à la première occasion favorable, et j'ai bon espoir qu'elle se présentera. »

On lui tint, en effet, parole : il ne fut plus enchaîné et jouit dès lors d'une plus grande liberté; mais cette liberté même faillit lui être funeste. Les principaux auteurs de l'expédition contre Kascambo craignirent bientôt que le nouveau musulman ne désertât. Le long séjour qu'il avait fait parmi eux et l'habitude qu'il avait de leur langue le mettaient dans le cas de les connaître tous par leurs noms et de donner leur signalement à la ligne, s'il y retournait, ce qui

---

(1) Le moyen employé par Ivan est tout à fait condamnable et indigne d'un honnête homme.

les aurait exposés personnellement à la vengeance des Russes : ils désapprouvaient hautement le zèle déplacé du prêtre. D'une autre part, les bons musulmans qui l'avaient favorisé au moment de sa conversion remarquèrent que, lorsqu'il faisait sa prière sur le toit de la maison, selon l'usage et comme le mollah le lui avait expressément recommandé, pour se concilier la bienveillance publique, il mêlait souvent par habitude et par inadvertance des signes de croix aux prosternements qu'il faisait dans la direction de la Mecque, à laquelle il lui arrivait parfois de tourner le dos ; ce qui leur rendait suspecte la sincérité de sa conversion.

Quelques mois après sa feinte apostasie, il s'aperçut d'un grand changement dans les rapports qu'il avait avec les habitants, et ne put se méprendre aux signes manifestes de leur malveillance. Il en cherchait vainement la cause, lorsque des jeunes gens avec lesquels il était particulièrement lié vinrent lui proposer de les accompagner dans une expédition qu'ils allaient entreprendre. Leur projet était de passer le Tereck, pour dépouiller des marchands qui devaient se rendre à Mosdok; Ivan accepta sans hésiter leur proposition. Depuis longtemps il désirait se procurer des armes; on lui promettait une part du butin. Il pensa qu'en le voyant revenir auprès de son maître, les personnes qui le soupçonnaient de vouloir déserter n'auraient plus les mêmes raisons de se défier de lui. Cependant le major s'étant fortement opposé à ce projet, il avait l'air de n'y plus penser, lorsqu'un matin Kascambo vit, en se réveillant, la natte sur laquelle dormait Ivan roulée contre le mur; il était parti pendant la nuit. Ses compagnons devaient passer le Tereck la nuit suivante, et attaquer les marchands dont ils connaissaient la marche par leurs espions.

La confiance des Tchetchenges aurait dû faire naître quelque soupçon dans l'esprit d'Ivan : il n'était pas naturel que des hommes si rusés et si défiants admissent un Russe, leur prisonnier, dans une expédition dirigée contre ses compatriotes. On apprit en effet dans la suite qu'ils ne lui avaient proposé de les accompagner que dans l'intention de l'assassiner. Comme sa qualité de nouveau converti les obligeait à quelques ménagements, ils s'étaient proposé de le garder à vue pendant la route, et de se défaire ensuite de lui au moment de l'attaque, en laissant croire qu'il avait été tué dans le combat. Quelques hommes seulement de l'expédition étaient dans le secret ; mais l'événement dérangea leurs dispositions. Au moment où leur bande s'était mise en embuscade pour attaquer les marchands, un régiment de Cosaques les surprit eux-mêmes, et les chargea si vivement, qu'ils eurent bien de la peine à repasser la rivière. La grandeur du péril leur fit oublier le complot formé contre Ivan, qui les suivit dans leur retraite.

Comme leur troupe en désordre traversait le Tereck, dont les eaux sont très-rapides, le cheval d'un jeune Tchetchenge s'abattit au milieu du fleuve et fut aussitôt entraîné par les flots. Ivan, qui le suivait, poussa son cheval dans le courant, au risque d'être entraîné lui-même, et, saisissant le jeune homme au moment où il allait disparaître sous les eaux, parvint à le ramener à l'autre bord. Les Cosaques, à la faveur du jour qui commençait à paraître, le reconnaissant à son uniforme et à sa fourragère (1), visaient sur lui en criant : « Déserteur ! attrapez le déserteur ! » Ses habits furent criblés de balles. Enfin, après s'être battu en désespéré et avoir brûlé toutes ses cartouches, il revint au village avec la gloire d'avoir sauvé la vie à l'un de ses compagnons et de s'être rendu utile à toute la troupe.

Si la conduite qu'il avait tenue dans cette occasion ne lui ramena pas tous les esprits, elle lui gagna du moins un ami ; le jeune homme qu'il avait sauvé l'adopta pour son *koniak* (titre sacré

_____
(1) Casquette d'écurie.

que les montagnards du Caucase ne violent
jamais), et jura de le défendre envers et contre
tous. Mais cette liaison ne suffisait pas pour le
mettre à l'abri de la haine des principaux habitants. Le courage qu'il venait de montrer, son
attachement à son maître, augmentèrent les
craintes qu'il leur avait inspirées. On ne pouvait
plus le regarder comme un bouffon incapable
d'aucune entreprise, ainsi qu'on l'avait fait jusqu'alors ; et lorsqu'on réfléchissait à l'expédition
manquée, à laquelle il avait pris part, on s'éton-
nait que des troupes russes se fussent trouvées à
point nommé dans un lieu si éloigné de leur résidence ordinaire, et l'on soupçonna qu'il avait eu
les moyens de les prévenir. Quoique cette con-
jecture fût sans fondement réel, on le surveilla
de plus près. Le vieux Ibrahim lui-même, craignant quelque complot pour l'évasion de ses prisonniers, ne leur permettait plus d'avoir entre
eux d'entretien suivi, et le brave denchik était

menacé, quelquefois même battu, lorsqu'il voulait converser avec son maître.

Dans cette situation, les deux prisonniers imaginèrent un moyen de s'entretenir sans donner de soupçon à leur gardien. Comme ils étaient dans l'habitude de chanter ensemble des chansons russes, le major prenait sa guitare lorsqu'il avait quelque chose d'important à communiquer à Ivan en présence d'Ibrahim, et chantait en l'interrogeant ; celui-ci répondait sur le même ton, et son maître l'accompagnait avec sa guitare. Cet arrangement n'étant point une nouveauté, on ne s'aperçut jamais d'une ruse qu'ils eurent d'ailleurs la précaution de n'employer que rarement.

Plus de trois mois s'étaient écoulés depuis l'expédition malheureuse dont il a été question, lorsque Ivan crut s'apercevoir d'une agitation extraordinaire dans le village. Quelques mulets chargés de poudre étaient arrivés de la plaine. Les hommes nettoyaient leurs armes et préparaient des cartouches. Il apprit bientôt qu'une grande expédition se préparait. Toute la nation devait se réunir pour attaquer une peuplade voisine qui s'était mise sous la protection des Russes, et qui leur avait permis de construire une redoute sur son territoire. Il ne s'agissait de rien moins que d'exterminer toute la peuplade, ainsi que le bataillon russe qui protégeait la construction du fort.

Quelques jours après, Ivan, en sortant de la cabane le matin, trouva le village désert. Tous les hommes en état de porter les armes étaient sortis pendant la nuit. Dans la tournée qu'il fit au village pour prendre des informations, il acquit de nouvelles preuves des mauvaises intentions que l'on avait contre lui. Les vieillards évitaient de lui parler. Un petit garçon lui dit ouvertement que son père voulait le tuer. Enfin, comme il retournait tout pensif vers son maître, il vit sur le toit d'une maison une jeune femme qui souleva son voile, et qui, avec les marques du plus grand effroi, lui fit signe de la main de s'éloigner en lui montrant le chemin de la Russie : c'était la sœur du Tchetchenge qu'il avait sauvé au passage du Tereck.

Lorsqu'il rentra dans la maison, il trouva le vieillard occupé à visiter les fers de Kascambo. Un nouveau venu était assis dans la chambre : c'était un homme qu'une fièvre intermittente avait empêché de suivre ses camarades, et qu'on avait envoyé chez Ibrahim pour augmenter la garde des prisonniers jusqu'au retour des habitants. Ivan remarqua cette précaution sans témoigner la moindre surprise. L'absence des hommes du village présentait une occasion favorable pour l'exécution de ses projets ; mais la vigilance plus active de leur gardien et surtout la présence du fiévreux en rendaient le succès très-incertain. Cependant sa mort devenait inévitable, s'il attendait le retour des habitants ; il prévoyait que leur expédition serait malheureuse, et que leur rage ne l'épargnerait pas. Il ne lui restait plus d'autre ressource que celle

d'abandonner son maître ou de le délivrer inces-
samment. Le fidèle serviteur aurait souffert mille
morts plutôt que de choisir le premier.

Kascambo, qui commençait à perdre tout
espoir, était tombé depuis quelque temps dans
une espèce de stupeur, et gardait un profond
silence. Ivan, plus tranquille et plus gai que de
coutume, se surpassa dans les apprêts du repas
qu'il faisait en chantant des chansons russes,
auxquelles il mêlait des paroles d'encouragement
pour son maître.

« Le temps est venu, disait-il, en ajoutant à
chaque phrase le refrain insignifiant d'une chanson populaire russe, hai luli, hai luli, le temps
est venu de finir notre misère ou de périr.
Demain, hai luli, nous serons sur le chemin
d'une ville, d'une jolie ville, hai luli, que je ne
veux pas nommer ; courage, maître, ne vous
laissez pas décourager. Le Dieu des Russes est
grand. »

Kascambo, indifférent à la vie et à la mort, ne

connaissant pas les projets de son denchik, se
contenta de lui dire : « Fais ce que tu voudras,
et tais-toi. » Vers le soir, le fiévreux, qu'on
avait traité généreusement pour le retenir, et
qui, outre le bon repas qu'il avait fait, s'était
encore amusé le reste de la journée à manger du
chislik (1), fut saisi d'un si violent accès de
fièvre, qu'il abandonna la partie et se retira chez
lui. On le laissa aller sans beaucoup de difficulté,
Ivan ayant complétement rassuré le vieillard par
sa gaîté. Pour éloigner encore toute espèce de
méfiance, il se retira de bonne heure au fond de
la chambre, et se coucha sur un banc contre la
muraille, en attendant qu'Ibrahim s'endormît ;
mais ce dernier avait résolu de veiller toute la
nuit. Au lieu de se coucher sur une natte auprès
du feu, comme il faisait ordinairement, il s'assit
sur un billot vis-à-vis de son prisonnier, et ren-

---

(1) Viande de mouton que l'on fait rôtir en petits morceaux
au bout d'une baguette.

voya sa belle-fille, qui se retira dans la chambre voisine où était son enfant, et ferma la porte sur elle.

De l'angle obscur où il s'était placé, Ivan regardait attentivement le spectacle qu'il avait devant lui. A la lueur du feu qui flambait de temps en temps, une hache brillait dans un enfoncement de la muraille. Le vieillard, vaincu par le sommeil, laissait tomber parfois sa tête sur sa poitrine. Ivan vit qu'il était temps, et se leva debout. Le geôlier soupçonneux s'en aperçut aussitôt. « Que fais-tu là, toi? » lui dit-il durement. Ivan, au lieu de répondre, se rapprocha du feu en bâillant, comme un homme qui sort d'un profond sommeil. Ibrahim, qui sentait lui-même ses paupières s'appesantir, obligea Kascambo de jouer de la guitare pour le tenir éveillé. Ce derneir s'y refusait; mais Ivan lui présenta l'instrument en faisant le signe convenu. « Jouez, maître, dit-il, j'ai à vous parler. » Kascambo accorda l'instrument, et, se mettant à chanter, ils commencèrent ensemble le terrible duo suivant :

KASCAMBO.

Haï luli, haï luli, que veux-tu me dire? Prends garde à toi. (A chaque demande et à chaque réponse, ils chantaient ensemble les couplets de la chanson russe suivante.)

IVAN.

Voyez cette hache, mais ne la regardez pas. Haï luli, haï luli, je fendrai la tête à ce coquin.

Je m'assieds pour filer ma laine,
Le fil se casse dans ma main :
Allons! je filerai demain,
Aujourd'hui je suis trop en peine.
Haï luli, haï luli,
Où peut donc être mon ami?

KASCAMBO.

Meurtre inutile! haï luli, comment ferai-je avec mes fers?

Comme un petit veau suit sa mère,
Comme un berger suit ses moutons,
Comme un chevreau, dans les vallons,
Va chercher l'herbe printanière,
Haï luli, haï luli,
Je cherche partout mon ami.

IVAN.

La clef des fers se trouvera dans les poches du brigand.

Lorsque je vais à la fontaine,
Le matin, pour puiser de l'eau,
Sans y songer, avec mon seau,
J'entre dans le sentier qui mène,
  Hai luli, hai luli,
A la porte de mon ami.

KASCAMBO.

La femme donnera l'alarme, hai luli.

IVAN.

Il en arrivera ce qu'il pourra : ne mourrez-vous pas tout de même, hai luli, de misère et d'inanition ?

Le vieillard devenant attentif, ils redoublèrent les *hai luli* accompagnés d'un arpeggio bruyant. « Jouez, maître, poursuivit le denchik, jouez la cosaque ; je vais danser autour de la chambre pour m'approcher de la hache ; jouez hardiment. »

KASCAMBO.

Eh bien ! soit ; cet enfer sera fini.

Il détourna la tête et se mit à jouer de tout son pouvoir la danse demandée.

Ivan commença les pas et les attitudes grotesques de la cosaque, qui plaisaient particulièrement au vieillard, en faisant des sauts et des gambades, et en jetant des cris pour détourner son attention. Lorsque Kascambo sentait que le danseur était près de la hache, son cœur palpitait d'inquiétude : cet instrument de leur délivrance était dans une petite armoire sans porte, pratiquée dans la muraille, mais à une hauteur à laquelle Ivan atteignait à peine. Pour l'avoir à sa portée, il profita d'un moment favorable, la saisit tout à coup et la mit aussitôt à terre, dans l'ombre que formait le corps d'Ibrahim. Lorsque celui-ci jeta les yeux sur lui, il était loin de là et continuait la danse.

Cette scène dangereuse durait depuis assez longtemps, et Kascambo, las de jouer, commençait à croire que son denchik manquait de courage, ou ne jugeait pas l'occasion favorable. Il jeta les yeux sur lui au moment où, s'étant saisi de la hache, l'intrépide danseur s'avançait d'un pas ferme pour en frapper le vieux brigand. L'émotion qu'éprouva le major fut si forte, qu'il cessa de jouer et laissa tomber sa guitare sur ses genoux. Au même instant, le vieillard s'était baissé, et avait fait un pas en avant pour avancer des broussailles dans le feu : des feuilles sèches s'enflammèrent et jetèrent une grande lueur dans la chambre. Ibrahim se retourna pour s'asseoir.

Si, dans cette occasion, Ivan avait poursuivi son entreprise, un combat corps à corps devenait inévitable : l'alarme aurait été donnée, ce qu'il fallait surtout éviter ; mais sa présence d'esprit le sauva. Lorsqu'il s'aperçut du trouble du major et qu'il vit Ibrahim se lever, il posa la hache derrière le billot même qui servait de siége à ce dernier, et recommença la danse. « Jouez, mor-

bleu ! dit-il à son maître ; à quoi songez-vous ? »
Le major, reconnaissant l'imprudence qu'il avait
faite, se remit doucement à jouer. Le vieux
geôlier n'eut aucun soupçon, et s'assit de nouveau ; mais il leur ordonna de finir la musique
et de se coucher.

Ivan alla tranquillement prendre l'étui de sa
guitare et vint le poser sur le foyer ; mais, au
lieu de recevoir l'instrument que son maître lui
présentait, il saisit tout à coup la hache derrière
Ibrahim, et lui asséna un si terrible coup sur la
tête, que le malheureux ne poussa pas même un
soupir, et tomba raide mort le visage dans le feu ;
sa longue barbe grise s'enflamma ; Ivan le retira
par les pieds et le couvrit d'une natte.

Ils écoutaient pour savoir si la femme avait été
réveillée, lorsque, étonnée sans doute du silence
qui régnait après tant de bruit, elle ouvrit la
porte de sa chambre. « Que faites-vous donc
ici ? dit-elle en s'avançant vers les prisonniers ;
d'où vient qu'on sent la plume brûlée ? « Le feu

venait d'être dispersé et ne donnait presque plus
de lueur. Ivan leva la hache pour la frapper ; elle
eut le temps de détourner la tête, et reçut le coup
dans la poitrine en jetant un affreux soupir ; un
autre coup, plus rapide que l'éclair, l'atteignit
dans sa chute, et l'étendit morte aux pieds de
Kascambo. Effrayé de ce second meurtre auquel
il ne s'attendait pas, le major, voyant Ivan
s'avancer vers la chambre de l'enfant, se plaça
devant lui pour l'arrêter.

« Où vas-tu, malheureux ? lui dit-il ; aurais-
tu la barbarie de sacrifier aussi cet enfant, qui
m'a témoigné tant d'amitié? Si tu me délivrais
à ce prix, ni ton attachement ni tes services
ne pourraient te sauver à notre arrivée à la
ligne.

— A la ligne, répondit Ivan, vous ferez ce
que vous voudrez ; mais ici il faut en finir. »

Kascambo, rassemblant toutes ses forces, le
saisit au collet, comme il voulait forcer le passage.

« Misérable, lui dit-il, si tu oses attenter à sa vie, si tu lui ôtes un seul cheveu, je jure ici devant Dieu que je me livre moi-même entre les mains des Tchetchenges, et ta barbarie sera inutile.

— Entre les mains des Tchetchenges ! répéta le denchik en élevant sa hache sanglante sur la tête de son maître ; ils ne vous reprendront jamais vivant : je les égorgerai, eux, vous et moi, avant que cela arrive. Cet enfant peut nous perdre en donnant l'alarme ; dans l'état où vous êtes, des femmes suffisent pour vous ramener en prison.

— Arrête ! arrête ! s'écria Kascambo, des mains duquel Ivan cherchait à se dégager. Arrête ! monstre, tu m'égorgeras moi-même avant de commettre ce crime ! »

Mais, embarrassé par ses fers et faible comme il était, il ne put retenir le féroce jeune homme qui le repoussait, et tomba rudement par terre, prêt à défaillir de surprise et d'horreur. Tandis que, tout souillé du sang des premières victimes, il faisait des efforts pour se relever : « Ivan, s'écriait-il, je t'en conjure, ne le tue pas ! au nom de Dieu, ne verse pas le sang de cette innocente créature ! » Il courut au secours de l'enfant dès qu'il en eut la force ; mais, en arrivant à la porte de la chambre, il heurta dans l'obscurité Ivan qui revenait.

« Maître, tout est fini ; ne perdons pas de temps et ne faites pas de bruit. Ne faites pas de bruit, vous dis-je, répondait-il aux reproches désespérés que lui faisait son maître : ce qui est fait est fait ; maintenant il n'y a plus à reculer. Jusqu'à ce que nous soyons libres, tout homme que je rencontre est mort, ou bien il me tuera ; et si quelqu'un entre ici avant notre départ, je ne regarde pas si c'est un homme, une femme ou un enfant, si c'est un ami ou un ennemi, je l'étends là avec les autres. »

Il alluma une esquille de mélèze, et se mit à fouiller dans la giberne et dans les poches du

brigand ; la clef des fers ne s'y trouva pas ; il la
chercha de même vainement dans les habits de
la femme, dans un coffre, et partout où il s'ima-
gina qu'elle pouvait être cachée. Tandis qu'il
faisait ces recherches, le major s'abandonnait
sans prudence à sa douleur. Ivan le consolait à
sa manière : « Vous feriez mieux, lui disait-il,
de pleurer la clef des fers, qui est perdue.
Qu'avez-vous à regretter de cette race de brigands qui vous ont tourmenté pendant plus de
quinze mois ? Ils voulaient nous faire mourir, eh
bien ! leur tour est venu avant le nôtre. Est-ce
ma faute à moi ? Que l'enfer puisse les engloutir
tous ! »

Cependant la clef des fers ne se trouvant pas,
tant de meurtres devenaient inutiles, si l'on ne
parvenait à les rompre. Ivan, avec le coin de la
hache, parvint à détacher l'anneau de la main ;
mais celui qui liait la chaîne aux pieds résistait
à tous ses efforts ; il craignait de blesser son
maître, et n'osait employer toute sa force.

D'autre part, la nuit s'avançait, le danger devenait pressant : ils se décidèrent à partir. Ivan attacha fortement la chaîne à la ceinture du major, de manière qu'elle le gênât le moins possible et qu'elle ne fît pas de bruit. Il mit dans un bissac un quartier de mouton, reste du repas de la veille, y ajouta quelques autres provisions, et s'arma du pistolet et du poignard du mort. Kascambo s'empara de sa bourka (1); ils sortirent en silence, en faisant le tour de la maison. Pour éviter toute rencontre, ils prirent le chemin de la montagne, au lieu de suivre la direction de Mosdok et la route ordinaire, prévoyant bien qu'on les poursuivrait de ce côté. Ils longèrent pendant le reste de la nuit les hauteurs de leur droite ; lorsque le jour commençait à paraître, ils entrèrent dans un bois de hêtres qui couronnait toute la montagne, et qui les mit à couvert du danger d'être vus de loin.

----

(1) Manteau de feutre imperméable, à longs poils.

C'était dans le mois de février ; le terrain, dans ces hauteurs et surtout dans la forté, était encore couvert d'une neige durcie qui soutint les pas des voyageurs pendant la nuit et une partie de la matinée ; mais vers midi, lorsqu'elle eut été ramollie par le soleil, ils enfonçaient à chaque instant, ce qui rendit leur marche très-lente. Ils arrivèrent ainsi péniblement sur le côté d'une vallée profonde qu'ils devaient traverser et dans le fond de laquelle la neige avait disparu ; un chemin battu suivait les sinuosités du ruisseau, et annonçait que l'endroit était fréquenté. Cette considération, jointe à la fatigue dont le major était accablé, décida les voyageurs à rester dans cet endroit pour attendre la nuit : ils s'établirent entre quelques rochers isolés qui sortaient de la neige. Ivan coupa des branches de sapin pour en faire, sur la neige, un lit épais sur lequel le major se coucha.

Tandis qu'il se reposait, Ivan cherchait à s'orienter. La vallée au sommet de laquelle il se trouvait était entourée de hautes montagnes entre lesquelles on n'apercevait aucune issue ; il vit qu'il était impossible d'éviter le chemin battu, et qu'il fallait nécessairement suivre le cours du ruisseau pour sortir de ce labyrinthe. Il était environ onze heures du soir, et la neige commençait à se raffermir lorsqu'ils descendirent dans la vallée. Mais, avant de s'acheminer, ils mirent le feu à leur établissement, autant pour se réchauffer que pour faire un petit repas de chislik, dont ils avaient grand besoin. Une poignée de neige fit leur boisson, et une gorgée d'eau-de-vie acheva le festin. Ils traversèrent heureusement la vallée sans voir personne, et entrèrent dans le défilé, où le chemin et le ruisseau étaient resserrés entre de hautes montagnes à pic. Ils marchèrent avec toute la vitesse qui leur était possible, sentant bien le danger qu'ils couraient d'être rencontrés dans cet étroit passage, dont ils ne sortirent que vers les neuf heures du matin. Ce fut alors seulement que ce sombre défilé s'ouvrit tout à coup, et qu'ils découvrirent, au delà des montagnes plus basses qui se croisaient devant eux, l'immense horizon de la Russie semblable à une mer éloignée.

On se formerait difficilement une idée du plaisir qu'éprouva le major à ce spectacle inattendu. La Russie ! la Russie ! était le seul mot qu'il pût prononcer. Les voyageurs s'assirent pour se reposer et pour jouir d'avance de leur prochaine liberté. Ce pressentiment de bonheur se mêlait dans l'esprit du major au souvenir de l'horrible catastrophe dont il venait d'être témoin, et que ses fers et ses habits souillés de sang lui retraçaient vivement. Les yeux fixés sur le terme éloigné de ses travaux, il calculait les difficultés du voyage. L'aspect de la longue et dangereuse route qui lui restait à faire avec des fers aux pieds et des jambes enflées de fatigue effaça bientôt jusqu'à la trace du plaisir momentané que lui avait causé l'aspect de sa terre natale. Aux tourments de son imagination se joignait une soif ardente. Ivan descendit vers le ruisseau qui coulait à quelque distance, pour apporter de l'eau à son maître ; il y trouva un pont formé de deux arbres et vit de loin une habitation. C'était une espèce de *chalet*, une habitation d'été de Tchetchenges qui se trouvait déserte. Dans la situation des fugitifs, cette maison isolée était une découverte précieuse. Ivan vint arracher son maître à ses réflexions pour le conduire dans le refuge qu'il venait de découvrir, et, après l'y avoir établi, il se mit aussitôt à la recherche du magasin.

Les habitants du Caucase, qui pour la plupart sont à demi nomades et souvent exposés aux incursions de leurs voisins, ont toujours auprès de leurs maisons des souterrains dans lesquels ils cachent leurs provisions et leurs effets. Ces magasins, de la forme d'un puits étroit, sont fermés avec une planche ou une large pierre recouverte soigneusement de terre, et sont toujours placés dans des endroits où le gazon manque, de peur que la couleur de l'herbe ne trahisse le dépôt. Malgré ces précautions, les soldats russes les découvrent souvent ; ils frappent la terre avec la baguette de leur fusil dans les sentiers battus qui sont près des habitations, et le son leur indique les cavités qu'ils recherchent.

Ivan en découvrit une sous un hangar attenant à la maison, dans laquelle il trouva des pots de terre, quelques épis de maïs, un morceau de sel gemme et plusieurs ustensiles de ménage. Il courut chercher de l'eau pour établir la cuisine : le quartier de mouton et quelques pommes de terre qu'il avait apportées furent placés sur le feu. Pendant que le potage se préparait, Kascambo faisait rôtir les épis de maïs ; enfin quelques noisettes, trouvées encore dans le magasin, complétèrent le repas. Lorsqu'il fut achevé, Ivan, avec plus de loisirs et de moyens, parvint à délivrer son maître de ses fers ; et celui-ci, plus tranquille et restauré par un repas excellent pour la circonstance, s'endormit d'un profond sommeil. Il était nuit close lorsqu'il se réveilla.

Malgré ce repos favorable, lorsqu'il voulut reprendre sa route, ses jambes enflées s'étaient raidies au point qu'il ne pouvait faire le moindre mouvement sans éprouver des douleurs insupportables. Il fallut cependant partir. Appuyé sur son domestique, il s'achemina tristement, persuadé qu'il n'arriverait point jusqu'au terme désiré. Le mouvement et la chaleur de la marche apaisèrent peu à peu les douleurs qu'il ressentait. Il marcha toute la nuit, s'arrêtant souvent et reprenant aussitôt sa route. Quelquefois aussi, se laissant aller au découragement, il se jetait sur la terre et pressait Ivan de l'abandonner à son mauvais sort. Son intrépide compagnon non-seulement l'encourageait par ses discours et son exemple, mais employait presque la violence pour le relever et l'entraîner avec lui. Ils trouvèrent dans leur route un passage difficile et dangereux qu'ils ne pouvaient éviter. Attendre le jour

leur eût causé une perte de temps irréparable :
ils se décidèrent à franchir ce passage au risque
d'être précipités ; mais, avant d'y engager son
maître, Ivan voulut le reconnaître et le parcourir
seul.

Pendant qu'il descendait, Kascambo resta sur
le bord du rocher dans un état d'anxiété difficile
à décrire. La nuit était sombre ; il entendait
sous ses pieds le murmure sourd d'une rivière
rapide qui coulait dans la vallée ; le bruit des
pierres qui se détachaient de la montagne sous
les pas de son compagnon, et qui tombaient dans
l'eau, lui faisait connaître l'immense profondeur
du précipice sur lequel il était arrêté. Dans ce
moment d'angoisse, qui pouvait être le dernier
de sa vie, le souvenir de sa mère lui revint à
l'esprit ; elle l'avait béni tendrement à son départ
de la ligne : cette pensée lui rendit le courage.
Un secret pressentiment lui donnait l'espérance
de la revoir encore. « Mon Dieu ! s'écria-t-il,
faites que sa bénédiction ne soit pas inutile ! »

Comme il finissait cette courte mais fervente prière, Ivan reparut. Le passage reconnu n'était pas aussi difficile qu'ils l'avaient cru d'abord. Après être descendus quelques toises entre les rochers, il fallait, pour gagner la côte praticable, longer un banc de rocher étroit et incliné, recouvert d'une neige glissante, sous lequel la montagne était taillée à pic. Ivan ouvrit dans la neige, avec sa hache, des trouées qui facilitaient le passage ; ils firent le signe de la croix. « Allons, disait Kascambo, si je péris, que ce ne soit pas du moins faute de courage ; la maladie seule a pu me l'ôter. J'irai maintenant tant que Dieu me donnera des forces. » Ils sortirent heureusement de ce pas dangereux et continuèrent leur route. Les sentiers commençaient à être plus suivis et bien battus : ils ne trouvaient plus de neige que dans les endroits situés au nord et dans les bas-fonds où elle s'était accumulée. Ils eurent le bonheur de ne rencontrer personne jusqu'à la pointe du jour, où la vue de deux hommes qui parurént de loin les obligea de se coucher à terre pour n'en être pas aperçus.

Au sortir des montagnes, dans ces provinces, on ne rencontre plus de bois ; le terrain y est absolument nu, et l'on y chercherait vainement un seul arbre, excepté sur le bord des grandes rivières, où ils sont encore très-rares, ce qui est fort extraordinaire, vu la fertilité du terroir. Ils suivaient depuis quelque temps le cours de la Sonja, qu'ils devaient traverser pour se rendre à Mosdok, cherchant un endroit où l'eau moins rapide pût leur offrir un passage moins dangereux, lorsqu'ils découvrirent un homme à cheval qui venait droit à eux. Le pays, totalement découvert, ne présentait ni arbres ni buissons pour se cacher. Ils se blottirent sous le rivage de la Sonja, au bord de l'eau. Le voyageur passait à quelques toises de leur gîte. Leur intention n'était que de se défendre, s'ils étaient attaqués. Ivan tira son poignard et remit le pistolet au major. S'apercevant alors que le cavalier n'était qu'un enfant de douze à treize ans, il s'élança brusquement sur lui, le saisit au collet et le renversa sur le gazon. Le jeune homme voulait résister ; mais, voyant le major paraître sur le bord de la rivière, le pistolet à la main, il s'enfuit à toutes jambes. Le cheval était sans selle, avec un licou passé dans la bouche en guise de bride. Les deux fugitifs se servirent de leur capture pour passer la rivière.

Cette rencontre fut un grand bonheur pour eux, car ils virent bientôt qu'il eût été impossible de la traverser à pied, comme ils l'avaient projeté. Leur monture, quoique chargée du poids de deux hommes, faillit être entraînée par la rapidité de l'eau. Ils arrivèrent cependant sains et saufs à l'autre rivage, qui se trouva malheureusement trop escarpé pour que le cheval pût prendre terre. Ils descendirent pour le soulager. Comme Ivan le tirait de toute sa force pour le faire monter sur le bord, le licou se détacha et lui resta entre les mains. L'animal, entraîné

par le courant, après de nombreux efforts pour
aborder, fut englouti dans la rivière et se noya.

Privés de cette ressource, mais plus tran-
quilles désormais sur le danger d'être poursuivis,
ils se dirigèrent sur un monticule couvert de
roches détachées qu'ils virent de loin, dans l'intention de s'y cacher et de se reposer jusqu'à la
nuit. Par le calcul du chemin qu'ils avaient déjà
fait, ils jugèrent que les habitations des Tchetchenges pacifiques ne devaient pas être très-
éloignées ; mais rien n'était moins sûr que de se
livrer à ces hommes, dont la trahison probable
pouvait les perdre. Cependant, vu l'état de faiblesse dans lequel se trouvait Kascambo, il était
bien difficile qu'il pût gagner le Tereck sans
secours. Leurs provisions étaient épuisées : ils
passèrent le reste de la journée dans un morne
silence, n'osant se communiquer mutuellement
leurs inquiétudes.

Vers le soir, le major vit son denchik se
frapper le front de la main en poussant un pro-

fond soupir. Etonné de ce désespoir subit que son intrépide compagnon n'avait point encore montré jusqu'alors, il lui en demanda la cause. « Maître, dit Ivan, j'ai fait une grande faute ! — Dieu veuille nous la pardonner ! répondit Kascambo en se signant. — Oui, reprit Ivan ; j'ai oublié d'emporter cette belle carabine qui était dans la chambre de l'enfant. Que voulez-vous ? Cela ne m'est point venu dans la pensée : vous avez tant gémi là-haut, tant fait de bruit, que je l'ai oubliée. Vous riez ? C'était la plus belle carabine qu'il y eût dans tout le village. J'en aurais fait présent au premier homme que nous rencontrerons, pour le mettre dans nos intérêts ; car je ne sais trop comment, dans l'état où je vous vois, nous pourrons achever notre marche. »

Le temps, qui les avait favorisés jusqu'alors, changea dans la journée. Le vent froid de Russie soufflait avec violence, et leur jetait du grésil au visage. Ils partirent à la tombée de la nuit, incertains s'ils devaient chercher à atteindre quelque village ou les éviter. Mais la longue traite qui restait à faire, dans cette dernière supposition, leur devint absolument impossible par un nouveau malheur qui leur arriva vers la fin de la nuit. Comme ils traversaient un petit ravin sur un reste de neige qui en couvrait le fond, la glace se rompit sous leurs pieds, et ils entrèrent dans l'eau jusqu'aux genoux. Les efforts que fit Kascambo pour se dégager, achevèrent de mouiller ses habits. Depuis le moment de leur départ, le froid n'avait jamais été si perçant ; toute la campagne était blanche de grésil. Après un quart d'heure de marche, saisi par le froid, il tomba de lassitude et de douleur, et refusa décidément d'aller plus loin.

Voyant l'impossibilité d'arriver au terme de son voyage, il regardait comme une barbarie inutile de retenir son compagnon, qui pouvait aisément s'évader seul. « Ecoute, Ivan, lui dit-il, Dieu m'est témoin que j'ai fait tout ce que j'ai pu, jusqu'à ce moment, pour profiter des secours que tu m'as donnés ; mais tu vois à présent qu'ils ne peuvent plus me sauver, et que mon sort est décidé. Va-t'en à la ligne, mon cher Ivan, retourne à notre régiment ; je te l'ordonne. Dis à mes anciens amis et à mes supérieurs que tu m'as laissé ici en pâture aux corbeaux, et que je leur souhaite un meilleur sort. Mais, avant de partir, ressouviens-toi du serment que tu as fait là-haut dans le sang de nos gardiens. Tu as juré que les Tchetchenges ne me reprendraient pas vivant : tiens parole. » En disant ces mots, il s'étendit par terre, et se couvrit tout entier avec sa bourka. « Il reste encore une ressource, lui répondit Ivan : c'est de chercher une habitation de Tchetchenges, et d'en gagner le maître avec des promesses. S'il nous trahit, nous n'aurons du moins rien à nous reprocher. Tâchez encore de vous traîner jusque-là ; ou bien, ajouta-t-il en voyant que son maître gardait le silence, j'irai seul, je tâcherai de gagner un Tchetchenge ; et, si l'affaire tourne bien, je reviendrai avec lui pour vous prendre ; si elle tourne mal, si je péris et que je ne revienne plus, prenez, voilà le pistolet. » Kascambo sortit la main de dessous la bourka et prit le pistolet.

Ivan le recouvrit avec des herbes et des broussailles desséchées, de peur qu'il ne fût découvert par quelqu'un pendant la course qu'il allait faire. Comme il se disposait à partir, son maître le rappela.

« Ivan, lui dit-il, écoute encore ma dernière demande. Si tu repasses le Tereck, et si tu revois ma mère sans moi....

— Maître, interrompit Ivan, au revoir dans la journée. Si vous périssez, ni votre mère ni la mienne ne me reverront jamais. »

Après une heure de marche, il aperçut, d'une petite élévation, deux villages à trois ou quatre verstes de distance ; ce n'était pas ce qu'il cherchait ; il voulait trouver une maison isolée, dans laquelle il pût s'introduire sans être vu, pour en gagner secrètement le maître. La fumée lointaine d'une cheminée lui en fit découvrir une telle qu'il la désirait. Il s'y rendit aussitôt, et y entra sans hésiter. Le maître de la maison était assis à terre, occupé à rapiécer une de ses bottes. « Je viens, lui dit Ivan, te proposer 200 roubles à gagner et te demander un service. Tu as sans doute ouï parler du major Kascambo, prisonnier chez les montagnards. Eh bien! je l'ai enlevé; il est ici, à deux pas, malade et en ton pouvoir. Si tu veux le livrer de nouveau à ses ennemis, ils te loueront sans doute; mais, tu le sais, ils ne te récompenseront pas. Si tu consens au contraire à le sauver, en le gardant chez toi seulement pendant trois jours, j'irai à Mosdok, et je t'apporterai 200 roubles en argent sonnant pour sa rançon; que si tu oses bouger de ta place, ajouta-t-il en tirant son poignard, et donner l'alarme pour me faire arrêter, je t'égorge sur l'heure. Ta parole à l'instant, ou tu es mort. »

Le ton assuré d'Ivan persuada le Tchetchenge sans l'intimider. « Jeune homme, lui dit-il en remettant tranquillement sa botte, j'ai aussi un poignard à ma ceinture, et le tien ne m'épouvante pas. Si tu étais entré chez moi en ami, je n'aurais jamais trahi un homme qui a passé le seuil de ma porte ; maintenant je ne promets rien. Assieds-toilà, et dis ce que tu veux. » Ivan, voyant à qui il avait affaire, rengaîna son poignard, s'assit et répéta sa proposition.

« Quelle assurance me donneras-tu, demanda le Tchetchenge, de l'exécution de ta promesse ?

— Je te laisserai le major lui-même, répondit Ivan ; crois-tu que j'aurais souffert pendant quinze mois, et que j'aurais amené mon maître chez toi pour l'y abandonner ?

— C'est bon, je te crois ; mais 200 roubles, c'est trop peu : j'en veux 400.

— Pourquoi n'en pas demander 4,000 ? Cela ne coûte rien ; mais moi, qui veux tenir parole, je t'en offre 200, parce que je sais où les prendre,

et pas un kopeck de plus. Veux-tu me mettre
dans le cas de te tromper ?

— Eh bien ! soit : va pour 200 roubles, et tu
reviendras seul dans trois jours ?

— Oui, seul et dans trois jours, je t'en donne
ma parole. Mais toi, m'as-tu donné la tienne ?
Le major est-il ton hôte ?

— Il est mon hôte, ainsi que toi, dès ce
moment, et tu en as ma parole. »

Ils se donnèrent la main, et coururent chercher le major, qu'ils rapportèrent à moitié mort
de froid et de faim.

Au lieu d'aller à Mosdok, Ivan, apprenant qu'il
était plus près de Tchervelianskaya-Staniza, où
se trouvait un poste considérable de Cosaques,
s'y rendit aussitôt. Il n'eut pas de peine à ras-
sembler la somme qui lui était nécessaire. Les
braves Cosaques, dont quelques-uns s'étaient
trouvés à la malheureuse affaire qui avait coûté
la liberté à Kascambo, se cotisèrent avec em-
pressement pour compléter la rançon. Au jour

fixé, Ivan partit pour aller enfin délivrer son maître ; mais le colonel qui commandait le poste, craignant quelque nouvelle trahison, ne lui permit pas de retourner seul ; et, malgré la convention faite avec le Tchetchenge, il le fit accompagner par quelques Cosaques.

Cette précaution faillit encore devenir funeste à Kascambo. Du plus loin que son hôte aperçut les lances des Cosaques, il se crut trahi ; déployant aussitôt la courageuse férocité de sa nation, il conduisit le major encore malade sur le toit de la maison, l'attacha à un poteau, se plaça vis-à-vis de lui, sa carabine à la main : « Si vous avancez, s'écria-t-il lorsque Ivan fut à portée de l'entendre, et couchant en joue son prisonnier, si vous faites un pas de plus, je brûle la cervelle au major, et j'ai cinquante cartouches pour mes ennemis et pour le traître qui les amène.

— Tu n'es point trahi, lui cria le denchik, tremblant pour la vie de son maître ; on m'a forcé de revenir accompagné ; mais j'apporte les 200 roubles, et je tiens ma parole.

— Que les Cosaques s'éloignent, ajouta le Tchetchenge, ou je fais feu. »

Kascambo pria lui-même l'officier de se retirer. Ivan suivit quelque temps le détachement, et revint seul ; mais le soupçonneux brigand ne lui permit pas de s'approcher. Il lui fit compter les roubles à cent pas de la maison sur le sentier, et lui ordonna de s'éloigner.

Dès qu'il s'en fut emparé, il retourna sur le toit, et se jeta aux genoux du major, lui demandant pardon et le priant d'oublier les mauvais traitements qu'il avait été, disait-il, contraint de lui faire éprouver pour sa sûreté. Je me souviendrai seulement, répondit Kascambo, que j'ai été ton hôte et que tu m'as tenu parole ; mais, avant de me demander pardon, commence donc par m'ôter mes liens. »

Au lieu de lui répondre, le Tchetchenge, voyant Ivan revenir, s'élança du toit et disparut comme l'éclair.

Dans la même journée, le brave Ivan eut le plaisir et la gloire de ramener son maître au sein de ses amis, qui avaient désespéré de le revoir.

La personne qui a recueilli cette anecdote, passant quelques mois après à Iegoriewski, pendant la nuit, devant une petite maison de bonne apparence et fort éclairée, descendit de son kibick (1), et s'approcha d'une fenêtre pour jouir du spectacle d'un bal très-animé qui se donnait au rez-de-chaussée. Un jeune sous-officier regardait aussi très-attentivement ce qui se passait dans l'intérieur de l'appartement.

« Qui donne ce bal ? lui demanda le voyageur.

— C'est monsieur le major qui se marie.

(1) Voiture qui marche avec deux roues l'été et deux patins formant traîneau l'hiver.

— Et comment s'appelle monsieur le major ?

— Il s'appelle Kascambo. »

Le voyageur, qui connaissait l'histoire singulière de cet officier, se félicita d'avoir cédé à sa curiosité, et se fit montrer le nouveau marié, qui, rayonnant de plaisir, oubliait dans ce moment les Tchetchenges et leur cruauté. « Montrez-moi, de grâce, ajouta-t-il encore, le brave denchick qui l'a délivré. » Le sous-officier, après avoir hésité quelque temps, lui répondit : « C'est moi. »

Doublement surpris de la rencontre, et plus encore de le trouver si jeune, le voyageur lui demanda son âge. Il n'avait pas encore achevé sa vingtième année, et venait de recevoir une gratification avec le grade de sous-officier, en récompense de son courage et de sa fidélité. Ce brave jeune homme, après avoir partagé volontairement les infortunes de son maître, et lui avoir rendu la vie et la liberté, jouissait maintenant de son bonheur en regardant sa noce à travers les vitres. Mais comme l'étranger lui témoignait son étonnement de ce qu'il n'était pas de la fête, en taxant à ce sujet son ancien maître d'ingratitude, Ivan lui lança un regard de travers, et rentra dans la maison en sifflant l'air : *Hai luli, hai luli*. Il parut bientôt après dans la salle du bal, et le curieux remonta dans son kibick, enchanté de n'avoir pas reçu un coup de hache sur la tête.

LE LÉPREUX

LA CITÉ D'AOSTE.

La partie méridionale de la cité d'Aoste est
presque déserte, et paraît n'avoir jamais été fort
habitée. On y voit des champs labourés et des
prairies terminées d'un côté par les remparts
antiques que les Romains élevèrent pour lui
servir d'enceinte, et de l'autre par les murailles
de quelques jardins. Cet emplacement solitaire
peut cependant intéresser les voyageurs. Auprès
de la porte de la ville, on voit les ruines d'un

ancien château, dans lequel, si l'on en croit la tradition populaire, le comte René de Chalans, poussé par les fureurs de la jalousie, laissa mourir de faim, dans le XVe siècle, la princesse Marie de Bragance, son épouse ; de là le nom de *Bramafan* (qui signifie *cri de la faim*) donné à ce château par les gens du pays. Cette anecdote, dont on pourrait contester l'authenticité, rend ces masures intéressantes pour les personnes sensibles qui la croient vraie.

Plus loin, à quelques centaines de pas, est une tour carrée, adossée au mur antique et construite avec le marbre dont il était jadis revêtu : on l'appelle la *Tour de la frayeur*, parce que le peuple l'a crue longtemps habitée par des revenants. Les vieilles femmes de la cité d'Aoste se ressouviennent fort bien d'en avoir vu sortir, pendant les nuits sombres, une grande femme blanche, tenant une lampe à la main.

Il y a environ quinze ans que cette tour fut réparée par ordre du gouvernement et entourée d'une enceinte, pour y loger un lépreux et le séparer ainsi de la société, en lui procurant tous les agréments dont sa triste situation était susceptible. L'hôpital de Saint-Maurice fut chargé de pourvoir à sa subsistance, et on lui fournit quelques meubles, ainsi que les instruments nécessaires pour cultiver un jardin. C'est là qu'il vivait depuis longtemps, livré à lui-même, ne voyant jamais personne, excepté le prêtre qui de temps en temps allait lui porter les secours de la religion, et l'homme qui chaque semaine lui apportait ses provisions de l'hôpital.

Pendant la guerre des Alpes, en 1797, un militaire, se trouvant à la cité d'Aoste, passa un jour, par hasard, auprès du jardin du lépreux, dont la porte était entr'ouverte, et il eut la curiosité d'y entrer. Il y trouva un homme vêtu simplement, appuyé contre un arbre et plongé dans une profonde méditation. Au bruit que fit l'officier en entrant, le solitaire, sans se retourner et sans regarder, s'écria d'une voix triste :

« Qui est là, et que me veut-on ? — Excusez un étranger, répondit le militaire, auquel l'aspect agréable de votre jardin a peut-être fait commettre une indiscrétion, mais qui ne veut nullement vous troubler. — N'avancez pas, répondit l'habitant de la tour en lui faisant signe de la main, n'avancez pas ; vous êtes auprès d'un malheureux attaqué de la lèpre. — Quelle que soit votre infortune, répliqua le voyageur, je ne m'éloignerai point ; je n'ai jamais fui les malheureux ; cependant, si ma présence vous importune, je suis prêt à me retirer. — Soyez le bienvenu, dit alors le lépreux en se retournant tout à coup, et restez si vous l'osez, après m'avoir regardé. »

Le militaire fut quelque temps immobile d'étonnement et d'effroi à l'aspect de cet infortuné, que la lèpre avait totalement défiguré. « Je resterai volontiers, lui dit-il, si vous agréez la visite d'un homme que le hasard conduit ici, mais qu'un vif intérêt y retient. »

LE LÉPREUX.

De l'intérêt !... Je n'ai jamais excité que la pitié.

LE MILITAIRE.

Je me croirais heureux si je pouvais vous offrir quelque consolation.

LE LÉPREUX.

C'en est une grande pour moi de voir des hommes, d'entendre le son de la voix humaine, qui semble me fuir.

LE MILITAIRE.

Permettez-moi donc de converser quelques moments avec vous et de parcourir votre demeure.

LE LÉPREUX.

Bien volontiers, si cela peut vous faire plaisir. (En disant ces mots, le lépreux se couvrit la tête d'un large feutre dont les bords rabattus lui cachaient le visage.) Passez, ajouta-t-il, ici, au midi. Je cultive un petit parterre de fleurs qui pourront vous plaire ; vous en trouverez d'assez rares. Je me suis procuré les graines de toutes celles qui croissent d'elles-mêmes sur les Alpes, et j'ai tâché de les faire doubler et de les embellir par la culture.

LE MILITAIRE.

En effet, voilà des fleurs dont l'aspect est tout à fait nouveau pour moi.

LE LÉPREUX.

Remarquez ce petit buisson de roses ; c'est le rosier sans épines, qui ne croît que sur les hautes Alpes ; mais il perd déjà cette propriété, et il pousse des épines à mesure qu'on le cultive et qu'il se multiplie.

LE MILITAIRE.

Il devrait être l'emblème de l'ingratitude.

LE LÉPREUX.

Si quelques-unes de ces fleurs vous paraissent belles, vous pouvez les prendre sans crainte, et vous ne courrez aucun risque en les portant sur vous. Je les ai semées, j'ai le plaisir de les arroser et de les voir, mais je ne les touche jamais.

LE MILITAIRE.

Pourquoi donc ?

LE LÉPREUX.

Je craindrais de les souiller, et je n'oserais plus les offrir.

LE MILITAIRE.

A qui les destinez-vous ?

LE LÉPREUX.

Les personnes qui m'apportent des provisions de l'hôpital ne craignent pas de s'en faire des bouquets. Quelquefois aussi les enfants de la ville se présentent à la porte de mon jardin. Je monte aussitôt dans la tour, de peur de les effrayer ou de leur nuire. Je les vois folâtrer de ma fenêtre et me dérober quelques fleurs. Lorsqu'ils s'en vont, ils lèvent les yeux vers moi :

Bonjour, Lépreux, me disent-ils en riant, et cela me réjouit un peu.

LE MILITAIRE.

Vous avez su réunir ici bien des plantes différentes : voilà des vignes et des arbres fruitiers de plusieurs espèces.

LE LÉPREUX.

Les arbres sont encore jeunes : je les ai plantés moi-même, ainsi que cette vigne, que j'ai fait monter jusqu'au-dessus du mur antique que voilà, et dont la largeur me forme un petit promenoir ; c'est ma place favorite.... Montez le long de ces pierres ; c'est un escalier dont je suis l'architecte. Tenez-vous au mur.

LE MILITAIRE.

Le charmant réduit ! et comme il est bien fait pour les méditations d'un solitaire !

LE LÉPREUX.

Aussi je l'aime beaucoup ; je vois d'ici la campagne et les laboureurs dans les champs ; je vois tout ce qui se passe dans la prairie, et je ne suis vu de personne.

LE MILITAIRE.

J'admire combien cette retraite est tranquille et solitaire. On est dans une ville, et l'on croirait être dans un désert.

LE LÉPREUX.

La solitude n'est pas toujours au milieu des forêts et des rochers. L'infortuné est seul partout.

LE MILITAIRE.

Quelle suite d'événements vous amena dans cette retraite ? Ce pays est-il votre patrie ?

LE LÉPREUX.

Je suis né sur les bords de la mer, dans la principauté d'Oneille, et je n'habite ici que depuis quinze ans. Quant à mon histoire, elle n'est qu'une longue et uniforme calamité.

LE MILITAIRE.

Avez-vous toujours vécu seul ?

LE LÉPREUX.

J'ai perdu mes parents dans mon enfance et je ne les connus jamais ; une sœur qui me restait est morte depuis deux ans. Je n'ai jamais eu d'ami.

LE MILITAIRE.

Infortuné !

LE LÉPREUX.

Tels sont les desseins de Dieu.

LE MILITAIRE.

Quel est votre nom, je vous prie ?

LE LÉPREUX.

Ah ! mon nom est terrible ! je m'appelle *le Lépreux !* On ignore dans le monde celui que je tiens de ma famille et celui que la religion m'a donné le jour de ma naissance. Je suis *le Lépreux* : voilà le seul titre que j'ai à la bienveillance des hommes. Puissent-ils ignorer éternellement qui je suis !

LE MILITAIRE.

Cette sœur que vous avez perdue vivait-elle avec vous ?

LE LÉPREUX.

Elle a demeuré cinq ans avec moi dans cette même habitation où vous me voyez. Aussi malheureuse que moi, elle partageait mes peines, et je tâchais d'adoucir les siennes.

LE MILITAIRE.

Quelles peuvent être maintenant vos occupations, dans une solitude aussi profonde ?

LE LÉPREUX.

Le détail des occupations d'un solitaire tel que moi ne pourrait être que bien monotone pour un homme du monde, qui trouve son bonheur dans l'activité de la vie sociale.

LE MILITAIRE.

Ah ! vous connaissez peu ce monde, qui ne m'a jamais donné le bonheur. Je suis souvent solitaire par choix, et il y a peut-être plus d'analogie entre nos idées que vous ne le pensez; cependant, je l'avoue, une solitude éternelle m'épouvante ; j'ai de la peine à la concevoir.

LE LÉPREUX.

« Celui qui chérit sa cellule y trouvera la paix. » L'*Imitation de Jésus-Christ* nous l'apprend. Je commence par éprouver la vérité de ces paroles consolantes. Le sentiment de la solitude s'adoucit aussi par le travail. L'homme qui travaille n'est jamais complétement malheureux, et j'en suis la preuve. Pendant la belle saison, la culture de mon jardin et de mon parterre m'occupe suffisamment; pendant l'hiver, je fais des corbeilles et des nattes ; je travaille à me faire des habits ; je prépare chaque jour moi-même ma nourriture avec les provisions qu'on m'apporte de l'hôpital, et la prière remplit les heures que le travail me laisse. Enfin l'année s'écoule, et, lorsqu'elle est passée, elle me paraît encore avoir été bien courte.

LE MILITAIRE.

Elle devrait vous paraître un siècle.

LE LÉPREUX.

Les maux et les chagrins font paraître les heures longues ; mais les années s'envolent toujours avec la même rapidité. Il est d'ailleurs encore, au dernier terme de l'infortune, une jouissance que le commun des hommes ne peut connaître, et qui vous paraîtra bien singulière : c'est celle d'exister et de respirer. Je passe des journées entières de la belle saison, immobile sur ce rempart, à jouir de l'air et de la beauté de la nature : toutes mes idées alors sont vagues, indécises ; la tristesse repose dans mon cœur sans l'accabler ; mes regards errent sur cette campagne et sur les rochers qui nous environnent ; ces différents aspects sont tellement empreints dans ma mémoire, qu'ils font, pour ainsi dire, partie de moi-même, et chaque site est un ami que je vois avec plaisir tous les jours.

LE MILITAIRE.

J'ai souvent éprouvé quelque chose de semblable. Lorsque le chagrin s'appesantit sur moi, et que je ne trouve pas dans le cœur des hommes ce que le mien désire, l'aspect de la nature et des choses inanimées me console ; je m'affectionne aux rochers et aux arbres, et il me semble que tous les êtres de la création sont des amis que Dieu m'a donnés.

LE LÉPREUX.

Vous m'encouragez à vous expliquer à mon tour ce qui se passe en moi. J'aime véritablement les objets qui sont, pour ainsi dire, mes compagnons de vie, et que je vois chaque jour : aussi, tous les soirs, avant de me retirer dans la tour, je viens saluer les glaciers de Ruitorts, les bois sombres du mont Saint-Bernard, et les pointes bizarres qui dominent la vallée de Rhême. Quoique la puissance de Dieu soit aussi visible dans la création d'une fourmi que dans celle de l'univers entier, le grand spectacle des

montagnes en impose cependant davantage à
mes sens : je ne puis voir ces masses énormes,
recouvertes de glaces éternelles, sans éprouver
un étonnement religieux ; mais, dans ce vaste
tableau qui m'entoure, j'ai des sites favoris et
que j'aime de préférence ; de ce nombre est
l'ermitage que vous voyez là-haut sur la sommité
de la montagne de Charvensod. Isolé au milieu
des bois, auprès d'un champ désert, il reçoit
les derniers rayons du soleil couchant. Quoique
je n'y aie jamais été, j'éprouve un plaisir singulier
à le voir. Lorsque le jour tombe, assis dans
mon jardin, je fixe mes regards sur cet ermitage solitaire, et mon imagination s'y repose. Il
est devenu pour moi une espèce de propriété ;
il me semble qu'une réminiscence confuse m'apprend que j'ai vécu là jadis dans des temps plus
heureux, et dont la mémoire s'est effacée en moi.
J'aime surtout à contempler les montagnes éloignées qui se confondent avec le ciel dans l'horizon. Ainsi que l'avenir, l'éloignement fait naître

en moi le sentiment de l'espérance ; mon cœur opprimé croit qu'il existe peut-être une terre bien éloignée, où, à une époque de l'avenir, je pourrai goûter enfin ce bonheur pour lequel je soupire, et qu'un instinct secret me présente sans cesse comme possible.

LE MILITAIRE.

Avec une âme ardente comme la vôtre, il vous a fallu sans doute bien des efforts pour vous résigner à votre destinée, et pour ne pas vous abandonner au désespoir ?

LE LÉPREUX.

Je vous tromperais en vous laissant croire que je suis toujours résigné à mon sort ; je n'ai point atteint cette abnégation de soi-même où quelques anachorètes sont parvenus. Ce sacrifice complet de toutes les affections humaines n'est point encore accompli : ma vie se passe en combats continuels, et les secours puissants de la religion elle-même ne sont pas toujours capables de réprimer les élans de mon imagination. Elle m'entraîne souvent malgré moi dans un océan de désirs chimériques, qui tous me ramènent vers ce monde dont je n'ai aucune idée, et dont l'image fantastique est toujours présente pour me tourmenter.

LE MILITAIRE.

Si je pouvais vous faire lire dans mon âme, et vous donner du monde l'idée que j'en ai, tous vos désirs et vos regrets s'évanouiraient à l'instant.

LE LÉPREUX.

En vain quelques livres m'ont instruit de la perversité des hommes et des malheurs inséparables de l'humanité; mon cœur se refuse à les croire. Je me représente toujours des sociétés d'amis sincères et vertueux. Au commencement du printemps, lorsque le vent du Piémont souffle dans notre vallée, je me sens pénétré par sa chaleur vivifiante, et je tressaille malgré moi. J'éprouve un désir inexplicable et le sentiment confus d'une félicité immense dont je pourrais jouir et qui m'est refusée. Alors je fuis de ma cellule, j'erre dans la campagne pour respirer plus librement. J'évite d'être vu par ces mêmes hommes que mon cœur brûle de rencontrer ; et du haut de la colline, caché entre les broussailles comme une bête fauve, mes regards se portent sur la ville d'Aoste. Je vois de loin, avec des yeux d'envie, ses heureux habitants qui me connaissent à peine ; je leur tends les mains en gémissant, et je leur demande ma portion de bonheur. Dans mon transport, vous l'avouerai-je ? j'ai quelquefois serré dans mes bras les arbres de la forêt, en priant Dieu de les animer pour moi, et de me donner un ami ! Mais les arbres sont muets ; leur froide écorce me repousse ; elle n'a rien de commun avec mon cœur, qui palpite et qui brûle. Accablé de fatigue, las de la vie, je me traîne de nouveau dans ma retraite ; j'expose à Dieu mes tourments, et la prière ramène un peu de calme dans mon âme.

LE MILITAIRE.

Ainsi, pauvre malheureux, vous souffrez à la fois tous les maux de l'âme et du corps ?

LE LÉPREUX.

Ces derniers ne sont pas les plus cruels !

LE MILITAIRE.

Ils vous laissent donc quelquefois du relâche ?

LE LÉPREUX.

Tous les mois ils augmentent et diminuent avec le cours de la lune. Lorsqu'elle commence à se montrer, je souffre ordinairement davantage ; la maladie diminue ensuite, et semble changer de nature : ma peau se dessèche et blanchit, et je ne sens presque plus mon mal ; mais il serait toujours supportable, sans les insomnies affreuses qu'il me cause.

LE MILITAIRE.

Quoi ! le sommeil même vous abandonne !

LE LÉPREUX.

Ah ! monsieur, les insomnies ! les insomnies !

Vous ne pouvez vous figurer combien est longue et triste une nuit qu'un malheureux passe tout entière sans fermer l'œil, l'esprit fixé sur une situation affreuse et sur un avenir sans espoir. Non, personne ne peut le comprendre. Mes inquiétudes augmentent à mesure que la nuit s'avance; et, lorsqu'elle est près de finir, mon agitation est telle, que je ne sais plus que devenir : mes pensées se brouillent; j'éprouve un sentiment extraordinaire que je ne trouve jamais en moi que dans ces tristes moments. Tantôt il me semble qu'une force irrésistible m'entraîne dans un gouffre sans fond; tantôt je vois des taches noires devant mes yeux; mais, pendant que je les examine, elles se croisent avec la rapidité de l'éclair; elles grossissent en s'approchant de moi, et bientôt ce sont des montagnes qui m'accablent de leur poids. D'autres fois aussi je vois des nuages sortir de la terre autour de moi, comme des flots qui s'enflent, qui s'amoncellent et menacent de m'engloutir ; et lorsque je veux me lever pour me distraire de ces idées, je me sens comme retenu par des liens invisibles qui m'ôtent les forces. Vous croirez peut-être que ce sont des songes ; mais non, je suis bien éveillé. Je revois sans cesse les mêmes objets, et c'est une sensation d'horreur qui surpasse tous mes autres maux.

LE MILITAIRE.

Il est possible que vous ayez la fièvre pendant ces cruelles insomnies, et c'est elle sans doute qui vous cause cette espèce de délire.

LE LÉPREUX.

Vous croyez que cela peut venir de la fièvre ? Ah ! je voudrais bien que vous disiez vrai. J'avais craint jusqu'à présent que ces visions ne fussent un symptôme de folie, et je vous avoue que cela m'inquiétait beaucoup. Plût à Dieu que ce fût en effet la fièvre !

LE MILITAIRE.

Vous m'intéressez vivement. J'avoue que je ne me serais jamais fait l'idée d'une situation semblable à la vôtre. Je pense cependant qu'elle devait être moins triste lorsque votre sœur vivait.

LE LÉPREUX.

Dieu seul sait ce que j'ai perdu par la mort de ma sœur. Mais ne craignez-vous point de vous trouver si près de moi? Asseyez-vous ici, sur cette pierre, je me placerai derrière le feuillage, et nous converserons sans nous voir.

LE MILITAIRE.

Pourquoi donc? Non, vous ne me quitterez point; placez-vous près de moi. (En disant ces mots, le voyageur fit un mouvement involontaire pour saisir la main du lépreux, qui la retira avec vivacité.)

LE LÉPREUX.

Imprudent! vous alliez saisir ma main!

LE MILITAIRE.

Eh bien! je l'aurais serrée de bon cœur.

LE LÉPREUX.

Ce serait la première fois que ce bonheur m'aurait été accordé : ma main n'a jamais été serrée par personne.

LE MILITAIRE.

Quoi donc ! hormis cette sœur dont vous m'avez parlé, vous n'avez jamais eu de liaison, vous n'avez jamais été chéri par aucun de vos semblables ?

LE LÉPREUX.

Heureusement pour l'humanité, je n'ai plus de semblable sur la terre.

LE MILITAIRE.

Vous me faites frémir !

LE LÉPREUX.

Pardonnez, compatissant étranger ! vous savez que les malheureux aiment à parler de leurs infortunes.

LE MILITAIRE.

Parlez, parlez, homme intéressant! Vous m'avez dit qu'une sœur vivait jadis avec vous et vous aidait à supporter vos souffrances.

LE LÉPREUX.

C'était le seul lien par lequel je tenais encore au reste des humains! Il plut à Dieu de le rompre et de me laisser isolé et seul au milieu du monde. Son âme était digne du ciel qui la possède, et son exemple me soutenait contre le découragement qui m'accable souvent depuis sa mort. Nous ne vivions cependant pas dans cette intimité délicieuse dont je me fais une idée, et qui devrait unir des amis malheureux. Le genre de nos maux nous privait de cette consolation. Lors même que nous nous rapprochions pour prier Dieu, nous évitions réciproquement de nous regarder, de peur que le spectacle de nos maux ne troublât nos méditations, et nos regards n'osaient plus se réunir que dans le ciel. Après

nos prières, ma sœur se retirait ordinairement
dans sa cellule ou sous les noisetiers qui terminent le jardin, et nous vivions presque toujours séparés.

LE MILITAIRE.

Mais pourquoi vous imposer cette dure con-
trainte ?

LE LÉPREUX.

Lorsque ma sœur fut attaquée par la maladie
contagieuse dont toute ma famille a été la vic-
time, et qu'elle vint partager ma retraite, nous
ne nous étions jamais vus : son effroi fut extrême
en m'apercevant pour la première fois. La crainte
de l'affliger, la crainte plus grande encore d'augmenter son mal en l'approchant, m'avait forcé
d'adopter ce triste genre de vie. La lèpre n'avait
attaqué que sa poitrine, et je conservais encore
quelque espoir de la voir guérir. Vous voyez ce
reste de treillage que j'ai négligé ; c'était alors
une haie de houblon que j'entretenais avec soin

et qui partageait le jardin en deux parties. J'avais ménagé de chaque côté un petit sentier, le long duquel nous pouvions nous promener et converser ensemble sans nous voir et sans trop nous approcher.

LE MILITAIRE.

On dirait que le ciel se plaisait à empoisonner les tristes jouissances qu'il vous laissait.

LE LÉPREUX.

Mais du moins je n'étais pas seul alors; la présence de ma sœur rendait cette retraite vivante. J'entendais le bruit de ses pas dans ma solitude. Quand je revenais à l'aube du jour prier Dieu sous ces arbres, la porte de la tour s'ouvrait doucement et la voix de ma sœur se mêlait insensiblement à la mienne. Le soir, lorsque j'arrosais mon jardin, elle se promenait quelquefois au soleil couchant, ici, au même endroit où je vous parle, et je voyais son ombre passer et repasser sur mes fleurs. Lors même que je ne la voyais pas, je trouvais partout des traces de sa présence. Maintenant il ne m'arrive plus de rencontrer sur mon chemin une fleur effeuillée, ou quelques branches d'arbrisseau qu'elle y laissait tomber en passant ; je suis seul : il n'y a plus ni mouvement ni vie autour de moi, et le sentier qui conduisait à son bosquet favori disparaît déjà sous l'herbe. Sans paraître s'occuper de moi, elle veillait sans cesse à ce qui pouvait me faire plaisir. Lorsque je rentrais dans ma chambre, j'étais quelquefois surpris d'y trouver des vases de fleurs nouvelles, ou quelque beau fruit qu'elle avait soigné elle-même. Je n'osais pas lui rendre les mêmes services, et je l'avais même priée de ne jamais entrer dans ma chambre ; mais qui peut mettre des bornes à l'affection d'une sœur ? Un seul trait pourra vous donner une idée de sa tendresse pour moi. Je marchais une nuit à grands pas dans ma cellule, tourmenté de douleurs affreuses. Au milieu de la nuit, m'étant assis un instant pour me reposer, j'entendis un bruit léger à l'entrée de ma chambre. J'approche, je prête l'oreille : jugez de mon étonnement ! c'était ma sœur qui priait Dieu en dehors sur le seuil de ma porte. Elle avait entendu mes plaintes. Sa tendresse lui avait fait craindre de me troubler ; mais elle venait pour être à portée de me secourir au besoin. Je l'entendis qui récitait à voix basse le *Miserere*. Je me mis à genoux près de la porte, et, sans l'interrompre, je suivis mentalement ses paroles. Mes yeux étaient pleins de larmes : qui n'eût été touché d'une telle affection ? Lorsque je crus que sa prière était terminée : « Adieu, ma sœur, lui dis-je à voix basse, adieu, retire-toi, je me sens un peu mieux ; que Dieu te bénisse et te récompense de ta piété ! » Elle se retira en silence, et sans doute sa prière fut exaucée, car je dormis enfin quelques heures d'un sommeil tranquille.

LE MILITAIRE.

Combien ont dû vous paraître tristes les premiers jours qui suivirent la mort de cette sœur chérie !

LE LÉPREUX.

Je fus longtemps dans une espèce de stupeur qui m'ôtait la faculté de sentir toute l'étendue de mon infortune. Lorsque je revins enfin à moi, et que je fus à même de juger de ma situation, ma raison fut prête à m'abandonner. Cette époque sera toujours doublement triste pour moi : elle me rappelle le plus grand de mes malheurs, et le crime qui faillit en être la suite.

LE MILITAIRE.

Un crime ! je ne puis vous en croire capable.

LE LÉPREUX

Cela n'est que trop vrai, et en vous racontant cette époque de ma vie, je sens trop que je perdrai beaucoup dans votre estime ; mais je ne veux pas me peindre meilleur que je ne suis, et vous me plaindrez peut-être en me condamnant. Déjà, dans quelques accès de mélancolie, l'idée de

quitter cette vie volontairement s'était présentée
à moi; cependant la crainte de Dieu me l'avait
toujours fait repousser, lorsque la circonstance
la plus simple et la moins faite en apparence
pour me troubler pensa me perdre pour l'éter-
nité. Je venais d'éprouver un nouveau chagrin.
Depuis quelques années un petit chien s'était
donné à nous; ma sœur l'avait aimé, et je vous
avoue que depuis qu'elle n'existait plus, ce
pauvre animal était une véritable consolation
pour moi.

Nous devions sans doute à sa laideur le choix
qu'il avait fait de notre demeure pour son refuge.
Il avait été rebuté par tout le monde; mais il était
encore un trésor pour la maison du lépreux. En
reconnaissance de la faveur que Dieu nous avait
accordée en nous donnant cet ami, ma sœur
l'avait appelé *Miracle*; et son nom, qui contrastait
avec sa laideur, ainsi que sa gaîté continuelle,
nous avait souvent distraits de nos chagrins.
Malgré le soin que j'en avais, il s'échappait

quelquefois, et je n'avais jamais pensé que cela pût être nuisible à personne. Cependant quelques habitants de la ville s'en alarmèrent, et crurent qu'il pouvait porter parmi eux le germe de ma maladie ; ils se déterminèrent à porter des plaintes au commandant, qui ordonna que mon chien fût tué sur-le-champ. Des soldats, accompagnés de quelques habitants, vinrent aussitôt chez moi pour exécuter cet ordre cruel. Ils lui passèrent une corde au cou en ma présence, et l'entraînèrent. Lorsqu'il fut à la porte du jardin, je ne pus m'empêcher de le regarder encore une fois ; je le vis tourner des yeux vers moi pour me demander un secours que je ne pouvais lui donner. On voulait le noyer dans la *Doire* ; mais la populace, qui l'attendait en dehors, l'assomma à coups de pierres. J'entendis ses cris, et je rentrai dans ma tour plus mort que vif ; mes genoux tremblants ne pouvaient me soutenir : je me jetai sur mon lit dans un état impossible à décrire. Ma douleur ne me permit de voir dans cet ordre juste, mais sévère, qu'une barbarie aussi atroce qu'inutile ; et quoique j'aie honte aujourd'hui du sentiment qui m'animait alors, je ne puis encore y penser de sang-froid. Je passai toute la journée dans la plus grande agitation. C'était le dernier être vivant qu'on venait d'arracher d'auprès de moi, et ce nouveau coup avait rouvert toutes les plaies de mon cœur.

Telle était ma situation, lorsque le même jour, vers le coucher du soleil, je vins m'asseoir ici, sur cette pierre où vous êtes assis maintenant. J'y réfléchissais depuis quelque temps sur mon triste sort, lorsque là-bas, vers ces deux bouleaux qui terminent la haie, je vis paraître deux jeunes époux qui venaient de s'unir depuis peu. Ils s'avancèrent le long du sentier, à travers la prairie, et passèrent près de moi, la délicieuse tranquillité qu'inspire un bonheur certain était empreinte sur leurs belles physionomies ; ils marchaient lentement. Je les suivis des yeux jusqu'au bout de la prairie, et j'allais les perdre de vue dans les arbres, lorsque des cris d'allégresse vinrent frapper mon oreille : c'étaient leurs famille réunies qui venaient à leur rencontre. Des vieillards, des femmes, des enfants, les entouraient ; j'entendais le murmure confus de la joie ; je voyais entre les arbres les couleurs brillantes de leurs vêtements, et ce groupe entier semblait environné d'un nuage de bonheur. Je ne pus supporter ce spectacle ; les tourments de l'enfer étaient entrés dans mon cœur : je détournai mes regards, et je me précipitai dans ma cellule. Dieu ! qu'elle me parut déserte, sombre, effroyable ! C'est donc ici, me dis-je, que ma demeure est fixée pour toujours ; c'est donc ici que, traînant une vie déplorable, j'attendrai la fin tardive de mes jours ! L'Éternel a répandu le bonheur, il l'a répandu à torrents sur tout ce qui respire ; et moi, moi seul ! sans aide, sans amis !... Quelle affreuse destinée !

Plein de ces tristes pensées, j'oubliai qu'il est

un être consolateur, je m'oubliai moi-même. Pourquoi, me disais-je, la lumière me fut-elle accordée ? Pourquoi la nature n'est-elle injuste et marâtre que pour moi ? Semblable à l'enfant déshérité, j'ai sous les yeux le riche patrimoine de la famille humaine, et le ciel avare m'en refuse ma part. Non, non, m'écriai-je enfin dans un accès de rage, il n'est point de bonheur pour toi sur la terre ; meurs, infortuné, meurs ! assez longtemps tu as souillé la terre par ta présence ; puisse-t-elle t'engloutir vivant et ne laisser aucune trace de ton odieuse existence ! Ma fureur insensée s'augmentant par degrés, le désir de me détruire s'empara de moi, et fixa toutes mes pensées. Je conçus enfin la résolution d'incendier ma retraite, et de m'y laisser consumer avec tout ce qui aurait pu laisser quelque souvenir de moi. Agité, furieux, je sortis dans la campagne ; j'errai quelque temps dans l'ombre autour de mon habitation ; des hurlements involontaires sortaient de ma poitrine oppressée, et m'effrayaient moi-même dans le silence de la nuit. Je rentrai plein de rage dans ma demeure, en criant : Malheur à toi, lépreux ! malheur à toi ! Et, comme si tout avait dû contribuer à ma perte, j'entendis l'écho qui, du milieu des ruines du château de Bramafan, répéta distinctement : Malheur à toi ! Je m'arrêtai, saisi d'horreur, sur la porte de la tour, et l'écho faible de la montagne répéta longtemps après : Malheur à toi !

Je pris une lampe, et, résolu de mettre le feu à mon habitation, je descendis dans la chambre la plus basse, emportant avec moi des sarments et des branches sèches. C'était la chambre qu'avait habitée ma sœur, et je n'y étais plus rentré depuis sa mort : son fauteuil était encore placé comme lorsque je l'en avais retirée pour la dernière fois ; je sentis un frisson de crainte en voyant son voile et quelques parties de ses vêtements épars dans la chambre ; les dernières paroles qu'elle avait prononcées avant d'en sortir se retracèrent à ma pensée : « Je ne t'aban-

donnerai pas en mourant, me disait-elle ; sou-
viens-toi que je serai présente dans tes angoisses. »

En posant la lampe sur la table, j'aperçus le
cordon de la croix qu'elle portait à son cou, et
qu'elle avait placée elle-même entre deux feuillets
de sa Bible. A cet aspect, je reculai plein d'un
saint effroi. La profondeur de l'abîme où j'allais
me précipiter se présenta tout à coup à mes yeux
dessillés ; je m'approchai en tremblant du livre
sacré : Voilà, voilà, m'écriai-je, le secours
qu'elle m'a promis ! Et, comme je retirais la
croix du livre, j'y trouvai un écrit cacheté que
ma bonne sœur y avait laissé pour moi. Mes
larmes, retenues jusqu'alors par la douleur,
s'échappèrent en torrents : tous mes funestes
projets s'évanouirent à l'instant. Je pressai longtemps cette lettre précieuse sur mon cœur avant
de pouvoir la lire ; et, me jetant à genoux pour
implorer la miséricorde divine, je l'ouvris, et

j'y lus en sanglotant ces paroles qui seront éternellement gravées dans mon cœur :

« Mon frère, je vais bientôt te quitter, mais je ne t'abandonnerai pas. Du ciel, où j'espère aller, je veillerai sur toi ; je prierai Dieu qu'il te donne le courage de supporter la vie avec résignation, jusqu'à ce qu'il lui plaise de nous réunir dans un autre monde ; alors je pourrai te montrer toute mon affection ; rien ne m'empêchera plus de t'approcher, et rien ne pourra nous séparer. Je te laisse la petite croix que j'ai portée toute ma vie ; elle m'a souvent consolée dans mes peines, et mes larmes n'eurent jamais d'autres témoins qu'elle. Rappelle-toi, lorsque tu la verras, que mon dernier vœu fut que tu pusses vivre ou mourir en bon chrétien. »

Lettre chérie ! elle ne me quittera jamais : je l'emporterai avec moi dans la tombe ; c'est elle qui m'ouvrira les portes du ciel que mon crime devait me fermer à jamais. En achevant de la lire, je me sentis défaillir, épuisé par tout ce que je venais d'éprouver. Je vis un nuage se répandre sur ma vue, et, pendant quelque temps, je perdis à la fois le souvenir de mes maux et le sentiment de mon existence. Lorsque je revins à moi, la nuit était avancée. A mesure que mes idées s'éclaircissaient, j'éprouvais un sentiment de paix indéfinissable. Tout ce qui s'était passé dans la soirée me paraissait un rêve. Mon premier mouvement fut de lever les yeux vers le ciel pour le remercier de m'avoir préservé du plus grand des malheurs. Jamais le firmament ne m'avait paru si serein et si beau : une étoile brillait devant ma fenêtre; je la contemplai longtemps avec un plaisir inexprimable, en remerciant Dieu de ce qu'il m'accordait encore le plaisir de la voir, et j'éprouvais une secrète consolation à penser qu'un de ses rayons était cependant destiné pour la triste cellule du lé-preux.

Je remontai chez moi plus tranquille. J'em-ployai le reste de la nuit à lire le livre de Job, et le saint enthousiasme qu'il fit passer dans mon âme finit par dissiper entièrement les noires idées qui m'avaient obsédé. Je n'avais jamais éprouvé de ces moments affreux lorsque ma sœur vivait; il me suffisait de la savoir près de moi pour être plus calme, et la seule pensée de l'affection qu'elle avait pour moi suffisait pour me consoler et me donner du courage.

Compatissant étranger! Dieu vous préserve d'être jamais obligé de vivre seul! Ma sœur, ma compagne n'est plus, mais le ciel m'accordera la force de supporter courageusement la vie ; il me l'accordera, je l'espère, car je le prie dans la sincérité de mon cœur.

LE MILITAIRE.

Quel âge avait votre sœur lorsque vous la perdîtes ?

LE LÉPREUX.

Elle avait à peine vingt-cinq ans ; mais ses souffrances la faisaient paraître plus âgée. Malgré la maladie qui l'a enlevée, et qui avait altéré ses traits, elle eût été belle encore, sans une pâleur effrayante qui la déparait : c'était l'image de la mort vivante, et je ne pouvais la voir sans gémir.

LE MILITAIRE.

Vous l'avez perdue bien jeune.

LE LÉPREUX.

Sa complexion faible et délicate ne pouvait résister à tant de maux réunis : depuis quelque temps, je m'apercevais que sa perte était inévitable, et tel était son triste sort, que j'étais forcé de la désirer. En la voyant languir et se détruire chaque jour, j'observais avec une joie funeste s'approcher la fin de ses souffrances. Déjà depuis un mois, sa faiblesse était augmentée ; de fréquents évanouissements menaçaient sa vie d'heure en heure. Un soir (c'était vers le commencement d'août), je la vis si abattue, que je ne voulus pas la quitter ; elle était dans son fauteuil, ne pouvant plus supporter le lit depuis quelques jours. Je m'assis moi-même auprès d'elle, et, dans l'obscurité la plus profonde, nous eûmes ensemble notre dernier entretien. Mes larmes ne pouvaient se tarir ; un cruel pressentiment m'agitait. « Pourquoi pleures-tu ? me disait-elle ; pourquoi t'affliger ainsi ? Je ne te quitterai pas en mourant, et je serai présente dans tes angoisses. »

Quelques instants après, elle me témoigna le désir d'être transportée hors de la tour, et de faire ses prières dans son bosquet de noisetiers : c'est là qu'elle passait la plus grande partie de la belle saison. « Je veux, disait-elle, mourir en regardant le ciel. » Je ne croyais cependant pas son heure si proche. Je la pris dans mes bras pour l'enlever. « Soutiens-moi seulement, me dit-elle ; j'aurai peut-être encore la force de marcher. » Je la conduisis lentement jusque dans les noisetiers ; je lui formai un coussin avec des feuilles sèches qu'elle y avait rassemblées

elle-même, et, l'ayant couverte d'un voile, afin
de la préserver de l'humidité de la nuit, je me
plaçai auprès d'elle ; mais elle désira être seule
dans sa dernière méditation. Je m'éloignai sans
la perdre de vue. Je voyais son voile s'élever de
temps en temps, et ses mains blanches se diriger
vers le ciel. Comme je me rapprochais du
bosquet, elle me demanda de l'eau ; j'en apportai
dans sa coupe ; elle y trempa ses lèvres, mais
elle ne put boire. « Je sens ma fin, me dit-elle
en détournant la tête ; ma soif sera bientôt étan-
chée pour toujours. Soutiens-moi, mon frère ;
aide ta sœur à franchir ce passage désiré, mais
terrible. Soutiens-moi, récite la prière des agonisants. » Ce furent les dernières paroles qu'elle
m'adressa. J'appuyai sa tête contre mon sein ; je
récitai la prière des agonisants : « Passe à l'éter-
nité ! lui disais-je, ma chère sœur ; délivre-toi de
la vie ; laisse cette dépouille dans mes bras ! »
Pendant trois heures je la soutins ainsi dans la
dernière lutte de la nature ; elle s'éteignit enfin

doucement, et son âme se détacha sans effort de la terre.

Le lépreux, à la fin de ce récit, couvrit son visage de ses mains ; la douleur ôtait la voix au voyageur. Après un instant de silence, le lépreux se leva. « Etranger, dit-il, lorsque le chagrin ou le découragement s'approcheront de vous, pensez au solitaire de la cité d'Aoste ; vous ne lui aurez pas fait une visite inutile. »

Ils s'acheminèrent ensemble vers la porte du jardin. Lorsque le militaire fut au moment de sortir, il mit son gant à la main droite : « Vous n'avez jamais serré la main de personne, dit-il au lépreux ; accordez-moi la faveur de serrer la mienne : c'est celle d'un ami qui s'intéresse vivement à votre sort. » Le lépreux recula de quelques pas avec une sorte d'effroi, et, levant les yeux et les mains au ciel : « Dieu de bonté, s'écria-t-il, comble de tes bénédictions cet homme compatissant ! »

« Accordez-moi donc une autre grâce, reprit

le voyageur. Je vais partir ; nous ne nous reverrons peut-être pas de bien longtemps : ne
pourrions-nous pas, avec les précautions nécessaires, nous écrire quelquefois ? Une semblable
relation pourrait vous distraire, et me ferait un
grand plaisir à moi-même. » Le lépreux re-
fléchit quelque temps : « Pourquoi, dit-il enfin,
chercherais-je à me faire illusion ? Je ne dois
avoir d'autre société que moi-même, d'autre ami
que Dieu ; nous nous reverrons en lui. Adieu,
généreux étranger, soyez heureux.... Adieu pour
jamais ! »

Le voyageur sortit. Le lépreux ferma la porte
et en poussa les verrous.

FIN.

Rouen. — Imp. MÉGARD et C°, rue Saint-Hilaire, 136.

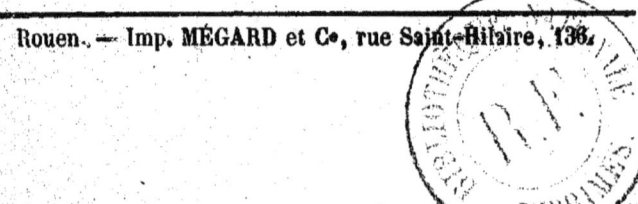

R A P P O R T   17

379.89.70
graphicom

1   10

BIBLIOTHÈQUE
NATIONALE

CHÂTEAU
de
SABLÉ

1984